나만의 자유를 찾아서

샹탈 토마스

문신원 옮김

동문선

나만의 자유를 찾아서

Chantal Thomas

COMMENT SUPPORTER SA LIBERTÉ

19세기의 지혜가 너무도 자주, 그리고 너무도 쾌히 되풀이하여 열거하는 수많은 '인간의 권리' 가운데에서 제법 중요한 두 가지 것이 잊혀졌는데, 그것은 바로 제 말을 스스로 부정할 권리와 떠나갈 권리이다.

보들레르, 《낭만주의 예술》

차 례

머리말

몇 해 전, 나는 리옹에서 내가 특히 좋아하는 숙소인 사욘 강가의 오래 된 호텔에 머물렀다. 나는 그곳의 모든 것이 다 마음에 들었다. 2층의 접수계로 올라가는 나무 계단, 그 옆에 있는 로비, 부드럽고 조화로우면서도 자유스럽게 잎이 난 로비 안의 화분들, 각이 둥글게 처리된 테이블들, 어울리지 않는 의자들, 그리고 옛 모습을 더 이상 찾아볼 수 없는 서가⋯⋯ 창가에 놓인 콘솔테이블 너머로는 배들이 지나다니는 모습이 보였다. 매일 아침 한 손에는 커피잔을 들고 그 로비에 앉아 있을 때면, 나는 이해할 수 없는 평온한 충족감에 사로잡히곤 하였다. 그곳은 모든 것이 내 집처럼 여겨져서 뭔가를 찾아 헤매는 수고를 할 필요도 없었고, 내가 원하는 때 떠났다가 언제 떠났었느냐는 듯 다시 돌아올 수도 있었다. 또 그곳을 탐색할 생각도 없었다. 내가 알고 있는 것은 일부분에 불과했지만, 그 정도면 일시적이며 간헐적인 나의 체류에는 충분했다. 이따금 그리 많지 않은 투숙객들과 마주치는 일이 있었다.

다소 나이가 든 편인 남자들은, 내가 보기에는 순회 공연에서 떨어져 나온 음악가들 같았다.

나는 그 로비에 있으면 느낌이 너무나 편안했으므로 결국엔 로비에서 가장 가까운 방인 1호실에 투숙했다. 나는 예약을 할 때마다 매번 순간적으로 머뭇거렸는데, 그것이 호텔 주인의 입장에서는 그 방이 비어 있는지 확인하고 싶어 뜸을 들이는 것처럼 여겨졌다고 한다. 방은 비어 있었다. 친절하고 과묵한 그 호텔 주인이 내게 열쇠를 건네 주는 동안, 나는 항상 내가 돌아왔다는 사실을 자축하곤 했다. 윤곽이 점점 분명해져 갔음에도 로비는 점점 더 공허해 보였다. 그럼에도 그 안의 가구들은 죽은 자들과 떠나간 자들의 망령이 깃들여 있는 듯 묘한 조화를 이루고 있었다. 그러던 어느 날 다른 투숙객들과 합류하기 위해, 또 그들이 아직도 있는지 확인하기 위해서, 혹은 어떤 습관의 포로가 되지 않기 위해서 나는 1호실 외에 아무거나 다른 방을 한 번 요구해 보았다.

"이제 그 방이 마음에 안 드십니까?"

"그건 아닙니다. 아주 마음에 들어요. (그리고 나서 나는 그 방 침대 위의 타원형 거울과 줄무늬 커튼을 떠올렸다. 그 커튼의 노란 금빛은 내가 좋아하는 그림인 브뢰헬 랑시앵의 《수확》을 연상시키곤 하였다.) 단지 방을 바꿔 보고 싶어서요."

"좀 곤란한데 어떡하죠. 호텔이 문을 닫게 되었거든요. 다른 방들은 전부 공사중입니다. 당분간은 1호실만 사용할 수 있습니다."

그렇게 해서 몇 개월 전부터 나에게는 다른 선택의 여지가 없었다……. 그렇지만 나는 결국 내가 제일 좋아하는 그 방을 다시 차지할 수 있다는 사실에 몹시 기뻤다.

1호실의 에피소드는 여러 가지 형태들로 끊임없이 반복된다. 프로이트·카프카·마르크스……. 이들로부터 우리는 자유가 존재하지 않는다는 것을 배웠다. 쇼펜하우어에 의하면, 그 개념 자체가 우리의 오성(悟性)의 형식에 모순된다. 원인 없는 결과에서 기적을 바랄 수는 없다. 자유는 헛된 속임수에 지나지 않는다. 들뜬 환상이나 사기꾼들의 허풍에, 아니면 노래 가사('자유'와 '사랑'은 온갖 노래 속에서 전파를 타고 반복되었다)에나 어울리는 단어이다. 심리학적으로, 정치적으로, 우리는 우리가 알 수 없는 힘들에 정복된다. 우리의 가장 아름답다는 자발성들은 욕망이나 타인의 의지에 대한 부응에 지나지 않는다. 필요로 이어진 연결고리이다. "감옥이 없어도, 우리는 우리가 갇혀 있다는 사실을 알 수 있을 것이다"라고 모리스 블랑쇼는 썼다. 당연한 말씀이다. 그래도 역시 누군가 '정말로' 감옥에 갇혀 있다는 것은 분명 다른 것이다. 법이 세상과 그 자신 사이에 갈라 놓은 창살들에 의해 죄수는 자기 자신의 삶으로부터 차단된다. 희생자가 된 그는 무참하고 체념적인 절망으로 인해, 그 단절의 치명성에 대해서 아무런 회의조차 느낄 수 없다. 그래서 결국 탈옥을 시도할 경우 아무것도 아닌 일로 목숨을 잃을지도 모를 위험을 무릅쓰는 것이다. "아! 이보게 친구, 나는 언제나 이 끔찍한 상황에서 벗어나게 될까? 언제쯤이나 생매장된 무덤 같은 이곳에서 날 꺼내 줄까, 빌어먹을!" 사드 후작은 뱅센 감옥에서 쓴 편지에서 그렇게 적고 있다.

구태여 감금 같은 비극적인 경험까지 들먹이지 않더라도, 누구나 유년 시절이나 청년기에 기숙사의 벽 뒤에 남겨지는 슬픔을 한 번쯤은 겪어 보지 않았던가? 규칙에서 벗어나거나, 그것을 바꾸기가 불가능하다는 사실에 숨이 막힐 정도로 분개해 보지 않은 사람이 누가 있을까? 페데리코 펠리니는 부모의 강요로 보내졌던 리미니에 있는 살레시우스회 신학교 시절을 이렇게 회상한다. "침울한 느낌을 주는 두 개의 농구대가 놓여 있고 철조망이 박힌 높이 2미터의 거대한 벽이 사방을 에워싸고 있던 운동장, 그 끔찍하고 비참한 감옥에 크게 낙담했던 기억이 난다. 그 철조망 너머로는 삯마차들의 방울 소리, 자동차의 클랙슨 소리, 외침 소리, 한 손에는 아이스크림을 들고 자유롭게 산책하는 사람들이 서로를 부르는 소리가 들려 왔다." 한쪽에서는 허가받지 않고도 빠져 나갈 수 있는 반면에, 다른 한쪽에서는 아무런 특별한 일도 일어나지 않는다. 그것은 평범한 일상일 뿐이다. 그러나 이런 단순한 행동들(벤치에 앉고, 연인과 포옹하고, 저녁 공기를 들이마시고, 커피를 마시고, 신문을 사고, 극장에 가고……)을 그려 보는 것조차도 참을 수 없을 정도로 우리를 미치게 한다. 그런 행동들이 너무도 소박하기 때문이고, 깊이 생각해 보지 않고 수행하는 당연한 행동들로 여겨지기 때문이다. 만일 우리가 다시 그럴 수 있다면, 그렇게 단순하면서도 소박한 행동들을 할 수 있다면, 그 즉시 한 번이 아니라 두 번씩이라도 되풀이해서 하고 말았으리라. 기꺼이 애무에 몸을 맡기고 《밤》과 《은하수》·《리포터》를, 《아름다운 날》의 카트린 드뇌브를, 《카사블랑카》의 험프리 보가트를 보고 또 보고 싶고, 샴페인과 마가리타를 마시고 싶고, 센트럴 파크를 거닐고 그곳에서 스케이트를 타고 싶고, 히아신스와 새 신발과 비행기 티켓을 사고 싶고, 새 모자를 써보고 싶고, 키모노를 입는 상상을 해보고, 방안 가득 꽃으로 채우고 싶고, 방안을 온통 어질러도 보고 싶고, 새롭게 바꾸어도 보고 싶고, 옷을 갈아입듯이 집도 바꾸고 싶고, 울음을 참지 않아도 되었으면 좋겠고, 낯선 사람들과 이야기를 나누고 싶고, 지루한 강의나 연극 시간에 달아나 보고도 싶고, 되는 대로 아무 버스나 잡아타고 싶고, 침대에서 책을 읽거나 손톱에 매니큐어도 칠해 보고 케르테스의 사진들과 티에폴로나 고야·트웜블리·발튀스·몬드리안·카스파르 다비트 프리드리히의 그림들을 보고 싶고, 햇빛이 내리쪼이고 먼지가 뽀얗게 이는 끝도 없는 언덕길을 내달려 보고도 싶고, 버찌를 먹고 싶고, 바다 한가운데에서 헤엄치고 싶고, 온갖 포도주를 다 맛보고 싶고, 해산물이

어마어마하게 담긴 요리를 주문해서는 피카소의 《성게 먹는 사람》의 동그란 눈 밑에서 그것을 먹고도 싶고…….

부질없는 욕망들에 마음이 좀먹은 사람들은, 바로 그런 보물들이 손안에 있기 때문에 그 가치를 모르는 사람들을 망연자실하게 바라본다. 그리고 상실한 자들이 소유한 자들과 너무 멀리 떨어져 있으면, 그 망연자실한 상태는 곧 공포로 바뀌고 만다. 프리모 레비는 아우슈비츠에서의 포로 상태였을 때를 《만약 이것이 인간이라면》이라는 책에서 이렇게 묘사한다. 1944년 12월말의 일이다. 화학자인 그는 수용소에 있는 공장 실험실에 배치되었다. 덕분에 밖에서 추위와 진흙탕 속에서 주먹 세례를 받아가며 하는 강제노역으로부터 몸도 목숨도 구할 수 있었다. 그 실험실에는 독일인과 폴란드인을 포함한 몇몇 여성들도 있었다. 순수하고 건강한 장밋빛의 젊은 여인들은 그에게 '별나라에서 온 피조물들'과도 같았다. 유대인 죄수들은 더럽고 냄새가 났으며, 굶주려 있거나 상처들로 뒤덮인 채 심한 피로로 비틀거렸다. 물론 그들은 다른 세상에 속해 있는 그 멋진 여성들과는 말도 나누지 못했다. 그러나 그들에게는 그 여자들끼리 수다를 떠는 소리들이 들려 온다.

"너, 일요일에 집에 갈 거니? 난 안 가. 여행하는 건 정말이지 귀찮은 일이거든!"

"난 크리스마스에 갈 거야. 2주일만 있으면 또 크리스마스잖아. 올해가 이렇게 빨리 지나갔다니 믿을 수가 없어!"

"올해는 정말 금방 지나갔어. 작년 이맘때만 해도 난 자유인이었어. 불법이긴 했지만 어쨌든 자유로웠지. 난 이름도 있었고, 가족도 있었고, 근심이 많긴 했어도 지적인 호기심도 있었고, 몸은 민첩하고 건강했어. (……) 그때와 비교해 보면, 지금 내게 남은 거라곤 배고픔과 추위를 견뎌낼 힘뿐이야."

전적으로 순수하게 발언된 이 대수롭지 않은 대화는, 감내해야 하는 지옥 같은 잔혹한 소란 속에서는 언급되거나 우리들의 주목을 끌 가치도 없을 것이다. 그러나 그 반대이다. 이 대화는 우리를 멈추게 하고 그러한 말들이 터져 나온 무의식과 무감각의 기괴성으로 인해, 그리고 순수함 그 자체로 인해 우리에게 영원히 각인된다. 우리 또한 그러한 발언들을 했을 수도 있다. 그리고 실제로 그러한 말들을 해댄다. 그러나 매일매일이 극복해야 할 고통의 등반이자 이길 수 없는 내기로 이어지는 학살의 수용소에 던져진 사람들 앞에서가 아니라, 우리들 같은 자유로운 사람들 앞에서만이 가능하다. 때때로 그들이 질병으로 1년 내내 고통스러워하거나, 하루하루를 전투를 벌이며 고통의 충격으로 끝없이 길게 느껴지는 시간들을 지내고 있지 않다면.

'지나가는 것이 느껴지지 않는 시간'이란, 아무 생각 없이 평범하고 적절하게 쉬어가며 보내는 시간이다.

철학 시간에 나는 수감되어 있던 소크라테스가 족쇄를 차지 않은 상태에 대한 만족감을 표현한 《파이돈》의 한 구절을 읽고 충격을 받았던 일이 생각난다. (당시에는 자유라는 문제가 단순히 부모들과 벌이는 격렬한 논쟁의 동기일 뿐만 아니라, 철학 개론서에서 반드시 공부해야 할 중요한 주제이기도 했다.) 내가 충격을 받은 것은 소크라테스의 경우가 내가 지금까지 알아왔던 것과는 너무도 다른 종류라서 그랬던 것이 아니라, 정말이지 이해 불가능한 것이었기 때문이었다. "소크라테스는 자리에서 일어나 침대에 앉았다. 그리고는 다리를 구부리면서 손으로 그 다리를 문질렀다. 문지르면서 우리에게 말하기를, '친구들이여, 우리가 쾌락이라고 부르는 것은 이 얼마나 이상한 것인가! 그것의 정반대인 고통과 이렇게 자연스럽게 이어지다니! (……)' 그가 이어서 말하기를, '만일 이솝이 이 점을 주목했더라면 이것으로 우화 하나를 만들었을 걸세. 거기서 이 두 적을 화해시키고자 하는 하느님이 똑같은 지점에 그 둘의 머리를 하나로 묶어 놓았을 게야. 바로 그런 이유 때문에 하나가 존재하는 그곳에 다른 하나가 뒤이어 오는 것 같네. 그러니까 내게도 역시 그런 일이 일어난 게야. 쇠사슬이 내 다리에 준 고통이 있고 난 후이기 때문에, 그뒤에 오는 이 기쁨이 느껴지는 것이 아니겠는가.'" 쾌락은 고통의 중지일 뿐이라는 것, 쾌락이 그것의 정반대인 어떤 것에 의해서 정의된다는 사실이 나를 놀라게 했고, 또한 동시에 슬프게도 했다. 마치 그것이 절대적인 가치를 가지고 있지 않은 것처럼, 나무딸기를 따먹기 위해서는 굶주려 있지 않으면 안 되는 것처럼, 참으로 신선한 성수를 맛보기 위해서는 갈증으로 목말라 있지 않으면 안 되는 것처럼, 또는 건강의 소중함을 느끼기 위해서는 아파 보지 않으면 안 되는 것처럼.

건강이 단지 질병의 반대가 아니라 어떤 안락한 느낌, 어떤 태평함이라 할 수 있는 것, 생기가 증폭되는 행복감을 내포하고 있다는 사실을 납득해야 한다. 자유도 마찬가지이다. 자유는 단지 전기 철조망 뒤의 감옥에서 느끼는 자유의 결핍으로 인해 경험되는 것이 아니다.

"나는 내가 자유롭다고 '느끼지만,' 실은 자유롭지 않다는 사실을 '알고 있다'"고 치오란은 쓰고 있다. 그것을 부정하는 지식보다 탁월하고, 또는 그 지식에 개의치 않는 이런 느낌이 이따금 간헐적으로 간격을 두고 우리에게 찾아오기도 한다. 바로 그러한 간격을 토대로 성찰이 세워지는 것이다. 그러한 성찰은 객관적으로 탐지될 수 있는 강렬한 사건들에서가 아니라 단절과 거리, 시간의 여유에서 정리되는 것이다. 그런 것들은 중요하지 않다고 사람들은 생각한다. 게다가 사람들은 그 성찰들을 말로 표현할 줄 모른다. 그것들은 비행기 안에서 본 손에 잡히지 않는 구름 풍경과 같은 특성을 가지고 있어서, 우리는 그 아름다움에 한순간 매혹되지만 나중에는 그것에 대해서 아무 말도 할 수가 없는 것이다. 여전히 창공의 빛에 물든 얼굴로 도착해서, 지상에 남아 있었던 친구들에게 자신의 그 느낌을 말할 수 있는 사람이 누가 있겠는가? 비행기가 가로지르는데도 부서지지 않고 웅장한 구조물로 그대로 솟아 있는 드넓은 수증기 평야의 그 놀라운 장관을. 만져서 느껴지지 않는 조각품을 앞에 두고 당황한 어느 해적의 얼굴과 대비되는 그 작품의 영광스러운 모습을. 혹은 일몰이 분홍빛에서 붉은 보랏빛으로, 진홍빛으로 미세하게 바뀌어 갈 때 비행기도 역시 양날개에 그 미세한 차이를 반사하며 똑같이 빛깔이 바뀌어 가는 것 같던 그 느낌을. (비행기 여행을 마치고 할 만한 이야깃거리라고는 사고를 모면했다거나, 여행 가방을 잃어버리는 따위의 작은 사건들뿐이다. 영화 《엠마누엘》에서의 경우, 하늘 한복판에서 느낀 오르가슴 같은 주된 관심사들은 그저 그들 개인의 심심파적으로 은밀하게 남겨진다.)

그 사소한 순간들은 생활이 가장 바쁜 가장 빡빡한 일정 속에서 불쑥 솟아난다. 그러면 우리는 갑자기 현기증을 느끼며 영원한 해변의 어느 시간 속으로 던져진다. 하나의 음악이 우리를 따른다. 우리는 흥미진진한 영화 속에서 연기하고 있는 우리 자신을 본다. 그리고 그 영화란 바로 우리의 삶이다. 미지의 것으로부터 오는 전율, 열광, 신비가 스쳐 지나가는 소리. 어쩌면 그 막연한 순간들, 설명할 수 없는 그 날카로운 소리들로 인해 우리가 더욱 자유로워지는(사람들이 호텔 방에서 체험하는 소유의 행위도, 지속 기간도 없는 소속의 향락으로부터) 것인지도 모른다. 또는 적어도 계속 존재하는 것인지도 모른다. 호기심에 의해. 기꺼이.

이 글은 대부분 여행중에, 카페에서, 갈아타기 위한 기항지에서 씌어졌다. 그러니까 주위에서 돌아가는 대화의 웅성거림이, 사물들의 소음이, 떠드는 소리가 역설적이게도 유리하게 작용하는 자기 자신에게로의 몰입, 고립이라는 특수한 상태 속에서 집필된 것이다. 이는 도서관(그곳에선 보던 책에서 눈을 떼 볼 수 있는 것이라곤 또 다른 책들뿐이다)의 규정에 따른 침묵 속에서 작업하는 것과는 다르다. 한 장소의 기능에 수동적으로 따르기만 하면 되는 것이 아니기 때문이다. 대립이 아닌 차별화의 세심한 작업을 해야 한다. 자신의 주위에 보호선을 그리고, 그 안에서 관찰자이자 몽상가로서 사색가이자 방심한 사람으로서 자리를 잡는 것이다. 다른 사람들에게는 보이지 않는데다 한 점 입김만으로도 세워지고 걷어지는 일종의 천막 같은 몽환적인 피난처. 그 순간의 아틀리에에선 세상에서나 책에서 온 것, 실제로 경험했거나 소설에서 혹은 영화에서 본 장면에 대한 기억이 같은 화면에서 취급된다. 물론 형태를 변형시키는 화면이다. 우리가 우리 자신을 위해 재창조할 때에만 사람들이, 풍경들이, 사상들이 우리에게 중요해지는 것이 아닌가?

《나만의 자유를 찾아서》는 어떤 합리적인 행동의 방식도, 그 어떤 이용법도 제공하지 않는다. 이 에세이는 오히려 이동, 부재에 대한 하나의 자극이기를 바란다. 여백을 살고, 신기루를 기록하고, 자신의 고독을 찬미하는 방법을 제안하고 있다.

"우리가 살지 않았다고 확신했던 나날들만큼, 우리가 좋아하는 책 한 권과 보낸 나날들만큼 그렇게 풍부하게 산 어린 시절의 나날들은 없을 것이다." 마르셀 프루스트는 《독서에 관하여》에서 이렇게 썼다. 그가 어린 시절에 관해 말한 것, 정당화될 수 없지만 대단히 유쾌한 되찾은 시간의 매력과 자신을 위한 시간의 비밀을 만드는, 독서를 통한 그러한 무수한 활동들이 형상화시키는 것을 삶 전체에 확장시켜 보자.

모래사장에 관하여

이따금 자신의 어머니에게 끈으로 매인 채 산책하는 아이들과 마주치는 일이 있다. 분명 어머니들이 모진 마음으로 그렇게 하는 것은 아니다. 오히려 사고가 날까 끊임없이 염려되는 마음을 달래기 위해서이다. 더구나 아이가 오히려 그런 상황을 즐기는 일도 잦다. 아이는 자신과 같은 처지인 개에게 말을 걸거나, 당나귀인 양 굴며 그대로 발걸음을 멈추어 서서 나아가기를 거부하기도 한다. 또는 막 달려가다가는 금세 엎어지기도 한다. 그리고는 소리를 지르며 도와 달라고 한다. 아이는 또 전쟁 춤을 추면서 엄마 주위를 돌아 자신을 묶고 있는 끈으로 엄마를 포위할 수도 있다……. 어쨌든 엄마에게 매여 있는 것은 바로 그 아이이고, 그후로도 몇 해 동안 아이는 벗어날 수 있는 기회가 없을 것이다. 아이는 돌아다닐 때엔 반드시 누군가를 동반해야 하고, 또 그래야 한다는 것을 납득해야 할 것이다. 도움을 받지 않고는 자신이 필요한 것을 얻을 수 없는 아이는, 부모나 선생님이 그에게 허가해 주는 자유 이외의 다른 자유를 갖지 못한다. 그러니 그 자유는 무의미하다. 아이가 자기 자신을 발견할 때에 은밀하고 비밀스런 다른 것을 만들어 내려고 궁리하는 이유가 바로 그 때문이다. 비밀스런 자유. 부모들이 반란의 씨를 도려낼 수 없이 어렴풋이 의식하고 있는 방향 전환.

파베세는 《삶이라는 직업》에서 이렇게 기록한다. "아이들이 어른들보다 더 순응적일 수도 있고, 또는 그들이 어른들과 전쟁을 치르며 살면서 그들의 습관들을 은밀하게 표명하도록 강요당하기 때문에 우리가 그 사실을 미처 깨닫지 못하는 수도 있다. 사실 어른들은 아이들의 온갖 버릇들을 고치려고 노력한다. 그 버릇들이 저항과 무정부주의의 요소라고 생각하기 때문이다." 파베세는 그 전쟁에서 놀이의 중요성을 강조한다. 놀이는 아이들에게 있어서 '어른들에게 맞서 독립을 요구하는 무의식적인 가치'를 가지고 있다. 아이들이 그것에 온 힘을 다 쏟는 이유가 바로 그 때문이다. 반면, 그들의 곁에서 어른들은 그러한 열기를 누그러뜨리려고 애쓴다. 그들은 끊임없이 되풀이해 말한다. "됐어!" "그만둬!" "가만 있지 못하니!" "조용히 좀 있어!" "조심해라!" "그 정도로 해둬!" "계속 그러면 그냥 집에 갈 거야!" "조용히 해, 아저씨한테 혼날라. 안 그러면 네 자전거 뺏는다!" "출입구에서 등 돌리고 서 있어!" 전철에서 한 무리의 초등학생들을 이끌고 있는 어느 지도교사가 그렇게 명령한다⋯⋯. 아이들은 5분간 얌전해졌다가는 다시 조금 전보다 더 심하게 떠든다. 놀이는 절도를 모르기 때문이다. 반만 논다는 것은 노는 것이 아니다. 그리고 놀지 않는다는 것은 지루한 것이다. "지루하다는 것은 그렇게 끔찍한 것이 아니야. 그렇게 심술 부리지 말고 참아라." 여기다 만일 정직하고 의식이 맑은 어른이라면 이런 말을 덧붙일 수 있을 것이다. "우리를 봐라. 우리도 지루해하고 있어. 하지만 그렇다고 해서 울지는 않아." 프리츠 소른은 부르주아의 일반적인 무감각에 대한 냉혹한 비난을 담은 그의 발병일지이자 유서성 자서전인 《3월》에서, 자신이 성장하고 교육받은 환경에서 느낀 마음속 분노와 치명적인 권태를 고발한다. 그는 어머니에 대한 다음과 같은 말들로 자신의 마음을 드러낸다. "어머니는 일요일 저녁마다 다른 사람들에게 전화를 해서 지난 일요일을 어떻게 보냈는지 보고를 하곤 하셨다. 그럴 때면 어머니는 매번 이렇게 말씀하셨다. '우리는 정말이지 조용히 보냈어요.' '조용히.' …… 이 얼마나 역겨운 말인가!" 그것은 이웃들이 길에서 놀고 있는 아이들에게 창 너머로 "조용히 해!"라고 소리지르는 것과 똑같은 고요에 대한 관념인 것이다. "여긴 이미 고요하지만 보다 더 고요해야 한다. (……) 스위스에선 모든 것이 늘 고요해야 하며, 사람들은 항상 명령조로 고요함에 대한 이러한 생각을 표현한다. 사람들은 말한다. '조용히! 조용히!' 마치 사람들이 '죽음을! 죽음을!'이라는 말을 명령조로 해대는 것 같다."

아이들은 권태로워할 줄을 모른다. 그것이 그들의 사회성의 한계이며, 저항과 건강함의 표시이다. 그들은 흐느껴 울거나 바닥에서 뒹구는 것을 지루해한다. 아이들이 그린 그림에서 나타나는 것처럼 그들은 아무것도 예측하지 않는다. 모든 것이 뒤로 물러설 틈도 없이 그들을 정면에서 정통으로 적중시킨다. 그들은 상대화시킬 능력도 없다. 그들은 절대 속에서 살면서도 지루해한다. 루이 14세는 베르사유 궁전의 정원들에 관해 이런 말을 하였다. "여기엔 유년기가 빠져 있어." 그 자신도 그 정원들이 권태를 만들어내고, 또한 견뎌내는 비상한 기계장치라고 생각했었다. 때때로 투시법을 잊고 모든 것이 동일한 가치를 갖는 세상의 카오스 속으로 다시 돌아가는 것은 중대한 일이다. 현혹되든지 눈 깜짝할 사이에 당하든지, 그러한 양자택일을 해야 하는 세상.

아이들이 권태를 참지 못하는 것은 그들에 대해 놀이가 가진 절대 권력의 이면이기도 하다. 아이들은 심심하면 운다. 억지로 놀이에서 떼어 놓을 때만큼 강렬하게. 그러나 프리츠 소른은 울지 않았다. "이 질병으로부터 내가 살아남을 수 있을까? 지금의 나로선 아무것도 알 수 없다. 내가 이 병으로 죽는다면, 사람들은 나에 대해 내가 죽도록 교육받았다고 말할 것이다."

그 양식은 여자아이들을 교육시키기 위한, 다시 말하면 그들의 의욕을 꺾기 위하여 루소가 장려한 행동 규범에 정확하게 들어맞는다. 그의 교육론에서 에밀이라는 소년은 본질과 관련된다. 그러나 그는 에밀에게 소피라는 여자 친구를 만들어 주는 것을 잊지 않았다. "어머니가 딸을 속박하는 경우마저도 그것이 잘 유도될 경우에는 그 애착이 약해지기는커녕 그것을 더욱 강화시키게 된다. 그 까닭은 종속이 여자들에게 있어서 자연스런 상태이며, 여자아이들도 자기 자신이 복종하게끔 만들어졌다는 것을 스스로 느끼기 때문이다. 여자들은 얼마 안 되는 자유밖에는 지니지 않았고, 또 그래야 마땅하다는 이유 때문에 자신들에게 허용된 자유를 극단적으로 활용한다. 여자들은 모든 일에서 극단적이며, 놀이에 있어서도 남자아이들보다 오히려 더 열중한다. (……) 이러한 집착성은 적당히 견제되어야 한다. (……) 그들 삶에서 단 한순간도 그들이 멋대로 행동하는 일이 없도록 해야 한다. 여자아이들은 자제할 줄을 모른다. 여자아이들이 한참 놀고 있을 때, 그것을 중지당하고도 불평 없이 다른 볼일을 보러 갈 수 있도록 그들에게 습관을 들여라."

보나마나 소피는 죽도록 구속당했을 것이다.

대답하지 않는 것

아이들에게는 선택의 여지가 없다. '아니오'라고 말하는 것, 그들의 행복을 위하여 짜여진 계획에 그들이 동의하지 않음을 소리 높여 표현하는 것은 불가능하다. 그들에게 남은 일은 '진지한' 일들을 뒤엎고, 최대한 허가된 여유를 활용하여 미친 듯이 놀이에 매달리는 것뿐이다. 그 놀이에 열광한 아이들은 부모와 멀리 떨어지지 않은 통제의 구역에서 분주히 노닌다. 실제로 그들은 어른들과 같은 공간을, 무엇보다도 같은 시간을 공유하지 않는다. 어른들에게는 쾌적하고 안락한 오후가, 아이들에게는 흥분 상태로 빠르게 지나간다.

아이들이 바닷가에서 노닐고 있다. 그들은 밀물이 없애 버릴 모래성을 쌓아올린다. 벌써 물이 도개교를 범람시켰다. 탑 하나가 녹아내리고, 건축물이 쓰러지려 한다. 꼬마 건축가들은 손실을 복구하려 애쓴다. 그들에게는 이길 승산이 전혀 없다. 그것은 마치 지려는 하루 해에 맞서 싸우는 것과 같다. 그렇지만 그들은 끝끝내 고집을 부리면서 너나 할 것 없이 목이 터져라 부모가 불러대는 소리를 못 들은 척한다.

"피에르, 아녜스, 카롤린, 클레망!"

"지금은 안 돼요!"

그것이 그들이 할 수 있는 최소한의 말이다. 아이들은 서둘러 파손된 구멍을 메운다.

"각오해, 내가 간다. 그러면 혼날 줄 알아."

화가 난 목소리다. 아이들은 차마 더 이상 못 들은 척할 수가 없다. 협박에 못 이겨 아이들은 애원하며 대답한다. "10분만 더요…… 5분만…… 1분만…… 조금만 더요……." 부모는 내일 다시 오자며 구슬린다. 그러면 그들은 발을 동동 구른다. 중요한 건 바로 오늘이니까. 인내심과 말싸움의 한계에 도달한 부모들이 떠날 채비를 한다. 파라솔을 걷고, 아이들을 버리고 가는 시늉을 한다. "그럼 좋아! 잘 있어, 잘 자라! 넌 놔두고 간다!" 그리고는 돌아선다. 그러면 심장이 세게 뛴다. 공포가 덮쳐 온다. 아이들은 파도와 친구들, 그들의 작품을 팽개치고 부모를 향해 달려간다. 그들은 졌다는 느낌은 들지만 정말로 굴복했다고는 생각지 않는다. 그들은 어렴풋이 생각한다, 승자들이 거만을 떠는 것은 잘못이야.

이런 질문이 남는다. 아이들은 어떻게 그렇듯 쉽게 체념하고 떠날 수 있는 걸까? 해변에서 그토록 즐거워하지 않았던가? (아이들은 그것이 바캉스의 끝이라는 말과 함께 "당연하지, 모든 것에는 끝이 있는 법이니까"라는 설명을 듣고는 몹시 놀란다.) 그들은 이해하려 들지 않는다. 하지만 그저 복종하고 기다란 귀가 행렬 속에 끌려갈 뿐이다. 그들은 부모의 신발이 남긴 깊고 평평한 발자국 속에 그들의 조그마한 맨발을 넣으며 놀면서도 내내 투덜거린다.

'대답한다'는 것이 아이로선 야단을 맞을 수도 있는 무례한 행동이라면, '대답하지 않는 것'은 훨씬 바로잡기 어려운 실수이다. '대답하지 않는 것'은 유예 기간을 주어 패배에 대한 생각에 익숙케 해주고, 특히 노는 시간을 몇 분 더 연장시켜 준다. 악의 반 집행유예를 바라는 마음 반으로 이루어지는 이 안 들리는 체하는 어정쩡한 태도는, 직접 맞서는 자유가 아닌 말하지 않고 일탈하는 자유만을 키운다. 가족들의 도덕으로는 그렇듯 꾀를 부리는 것이 더 나쁠 수도 있다. 대결은 아무리 거칠다 할지라도 일종의 동의요, 권위를 인정하는 방법이다……. 아이가 은밀히 속삭이는 말로 내린 선택은 당장은 어른들의 불벼락을 맞지 않을 수도 있지만, 나중에 사춘기에 가서 만일 모래성을 쌓는 놀이보다 덜 떳떳한 놀이들에 집중한다면 가족은 가만 있지 않을 것이다. 젊은 시절 아라공은 《무한의 수호》에서 이같이 멋들어지게 쓰고 있다. "관심은 우리가 생각하는 것처럼 가정 위기의 주된 원인이 아니다. 그건 오히려 히스테리이다. 어머니나, 그리고 곧잘 아버지들을 격분시키는 것은 단순히 반항이나 돈 요구, 혹은 나쁜 친구와의 교제, 술, 또는 게으름이 아니다. 그것은 애매모호한 눈빛에 아들이 가지고 있는, 아무것도 알 수 없는 은밀한 쾌락이요, 마침내 가정에 대한 희미해진 이미지마저 사라지고 없는 개인적인 삶이다."

'대답하지 않는 것'은 상황을 현명히 이해한 것이다. 존재와 부재, 동의와 반항 사이에 결정되지 않은 이러한 달아날 여지를 남겨둔 것이다. 썰물에 다시 드러나는 해변, 썰물이 찾아내면 밀물이 다시 삼켜 버릴 젖은 모래띠. 그러나 우리는 단단한 모래에 발뒤꿈치를 대고 춤을 추면서, 피부에 묻은 소금이 반짝이는 것을 보면서 언젠가는 우리가 그 만져지지 않는 빛의 광채에 이르리라는 것을, 그러한 빛의 용해로 인한 물과 땅의 혼합 속에서 발전하리라는 것을 본능적으로 알고 있다.

귀머거리 행세를 하는 것은 나름대로의 이점도 있지만(그렇게 함으로써 어차피 질 싸움에서의 대결을 미리 피할 수 있다), 한편으로는 위험 부담도 있다. 대답하지 않는 것은 그저 뿌루퉁한 얼굴로 끝날 수도 있고, 그 정도를 넘어서 행동으로 옮기는 힘의 중대성을 모르는 채 마음을 닫아 버리는 침묵으로 변할 수도 있는 것이다. "아이의 유일한 무기인 뿌루퉁한 얼굴. 그것과 맞바꾸어 사용할 수 있을 만큼 쉬운 과시는 없을 것이라는 사실을 아이는 언젠가는 알게 된다. 앙리 미쇼는 《이동, 이탈》에서 이렇게 말했다.

"거부하기. 식사나 대화·산책, 심지어는 놀이에 동참하는 것조차 거부하는 것."

"우리가 생각하는 것보다도 훨씬 강하게, 아이는 스스로 멈추고 싶은 유혹을 느낀다. (······)"

"모래사장, 가장 원초적인 것. 모험 역시 다른 사람들에게는 밝혀지지 않은 세상이다······."

대답하지 않고 침묵 속으로 달아나는 아이에게는 자신의 이름에 대한 의혹이 남는다. 그리고 우리는 대단히 피상적으로 붙여진 자신의 이름에 응답하지 않는 데에 매우 익숙해져 있다. 자신의 사회적 정체성이 쉽게 무너질 수 있음을 경험한다. 대답하는 것에 어려움을 느끼거나, 아니면 아무 이름이든지 다른 이름에 대답한다······. 언젠가 오를리 공항에서 나는 뉴욕행 비행기 탑승을 기다리고 있었다. 나는 확성기를 통해서 이렇게 외치는 소리를 들었다. "엘렌 랑베르 부인 계십니까?" 나는 벌떡 일어났다. 그러자 개찰구의 스튜어디스가 물었다. "엘렌 랑베르 부인이십니까?" 나는 아니라고 대답하고는 다시 자리에 앉았다.

그건 대단한 일이 아니다. 자신의 이름에 대한 의혹은 풍부한 소설적인 잠재성과 자기 정체성에 대한 의식의 부재이다. 그리고 그릇된 의지는 지혜가 역량을 발휘하여 세워낸 전략이다. 경제적인 전략은 최소한의 투자를 요구하고, 경쟁 상대의 자본금에 대해 자신이 가공할 존재임을 보여 주는 것이다. 우리는 스위프트의 《하인들에 대한 지침》에서 그런 전략을 발견하더라도 놀라지 않을 것이다. 스위프트는 이렇게 썼다. "혹시 당신의 주인이 거기 누구 아무도 없느냐고 부를 때, 당신들 중 어느 누구도 대답하지 말아야 한다. 왜냐하면 당신은 결국 그 고된 일을 하지 않을 테니까. 하지만 그럴 때 당신이 대답하기만 하면, 그것만으로도 주인들은 당신이 고된 일을 하리라는 사실을 받아들일 것이다."

그런데 혹시 당신을 부르고 있는 것 같다면 어떻게 하는 것이 좋을까? 서둘러야 할까? 전혀 그렇지 않다. "세 번이나 네 번쯤 부를 때까지는 절대로 가지 말아라. 왜냐하면 휘파람 한 번에 달려가는 것은 개들뿐이니까. 그리고 주인이 '거기 누구 있느냐?'고 외칠 때, 어떤 하인도 그 외침에 달려가지 않으려 한다. 왜냐하면 '거기 누구 있느냐?'는 그 누구의 이름도 아니니까."

그리고 정말로 바로 당신을 부르고 있다면? 역시 마찬가지이다. 가만히 있어라. 열성을 보일 하등의 이유가 없다. "만일 당신의 주인이 당신의 이름을 부른다면, 그리고 당신이 네번째쯤 부를 때 대답을 하게 된다 해도 당신은 서두를 필요가 없다. 또 만일 당신이 늦게 왔다고 야단을 친다면, 자신을 찾는지 몰랐다고 자못 태연하게 대답하면 된다."

대단히 신랄한 유머가 느껴지는 이 글에서, 스위프트는 다른 행동 규범들도 제안하고 있다. 예를 들면 당신을 야단치는 주인에게 어떻게 하면 자신의 실수를 인정하지 않고 대신에

개나 고양이 · 원숭이 · 앵무새 · 어린아이, 또는 쫓겨난 하인 등에게로 책임을 전가하는가……. 아니면 늦게 온 이유를 무슨 핑계를 대어 정당화시키는가…….

　"……당신의 아버지가 당신에게 소 한 마리를 팔아 오도록 했는데, 당신은 밤 9시가 되도록 구매자를 찾지 못했다. 또는 당신은 다음 토요일에 교수형에 처해질 친한 사촌에게 작별 인사를 했다……. 당신은 고미다락방의 오물 속에 내동댕이쳐지는 바람에 깨끗이 씻고 냄새가 사라질 때까지는 돌아오기가 부끄러웠다……. 누군가가 당신의 주인이 선술집에 갔다고 전해 주며 그에게 불행한 일이 닥쳤다고 말하자, 당신은 고통이 너무나 커서 숱한 선술집을 전전하며 주인을 찾아 헤맸다." 스위프트는 상상할 수 있는 온갖 바보 같은 짓들(그 중 재미있는 것은 천장의 샹들리에가 떨어졌을 때, 낡은 구두나 버터 조각을 천장의 내장판에 대고는 대신 양초를 켜놓으라는 제안)을 저지르는 하인들에게 이러한 이야기를 유쾌하게 들려 주고 있으나, 그들은 발언권이 없는 사람들이므로 이러한 행동 규범들은 아이들에게나 적당하다. 태업, 태만의 제스처, 쓸데없이 나서서 일을 그르치기, 하인들의 파괴적인 천재성은 스위프트에 의하면 막스 형제의 천재성이나 장 비고의 《품행 제로》의 세계를 생각나게 한다. 그는 조롱할 기회를 놓치지 않고 어른들의 사회를 아래로부터 전복시키려 한다. 그러나 어느 누구도 부모들, 주인들, 권력을 가진 사람들의 자리를 차지하려 하지 않는다. 모든 것은 원상태 그대로 남아 있어야 한다. 운에 맡긴 채 적당히 개입해서는 그저 더 악화시킬 뿐이다. 그것은 우리를 굉장히 웃게 만든다.

스위프트는 눈에 보이지 않는 이들의 카스트 제도의 관점으로 구체제의 붕괴를 묘사한다. 그렇듯 혼자서는 아무것도 하지 못하고 봉사만 받아왔던 귀족 계급은 오래 가지 않을 것임이 명백하다고 단언한다. 2세기 후 부르주아 체제의 붕괴를 목격한 기 드보르는, 비고백 수사학의 절정을 이루는 《성인전》에서 이같은 성찰을 한다. "일을 할 때면, 반드시 필요한 비천함을 가지고 일을 하는 부르주아를 나는 한번도 본 일이 없다. 나는 어쩌면 그러한 무관심 속에서 인생에 관한 좋은 어떤 것을 습득할 수 있었던 것이다. 그러나 그 습득은 결국은 오로지 부재와 결핍에 의해서였다."

"조금만 더요, 집행관님"

루이 15세의 마지막 애첩이었던 잔 베퀴, 즉 바리 백작부인은 진정한 쾌락의 전문가였다. 그녀의 몸매는 무척 앳되어서 젊었을 때는 '랑주(배내옷)'라는 별명이 붙여졌었다. 그녀가 베르사유에 들어가기 전, 한 조직의 보고서에는 그녀에 대해 이렇게 언급되어 있다. "상류 사회의 모든 사람들이 그녀의 주위에 몰려들고 있다." 프랑스 혁명 당시 바리 부인은 50세였다. 부유하고 여전히 아름다웠던 그녀는 새로운 권력층이 보기에는 구체제의 타락한 풍습, 귀족 계급의 부패한 방탕함, 나약한 왕가의 화신이었다. 사람들은 루이 16세의 명으로 추방되어 간 루브시엔 성으로 그녀를 찾아갔고, 1793년 12월 그녀는 파리 혁명재판소 앞에 출두했다. 푸키에 탱빌은 '그 더러운 음모자'를 사형시키라고 요구한다. 그는 자신의 논고를 이와 같은 경멸조의 말로 결론짓는다. "그렇습니다, 프랑스 국민 여러분. 우리는 반역자들이 사라지고 자유만이 남을 것을 결의했습니다. 자유는 연합한 전제군주들, 그들의 노예들, 사제들, 더러운 아첩꾼들의 모든 노력에 맞서 저항했고, 또 앞으로도 저항할 것입니다. 자유에 맞서 단결한 헌병 분대들의 무리부터, 국민들은 모든 적들을 쓰러뜨릴 것입니다."

교수대로 끌려 나가 사형이 임박했음에도 바리 부인에게서는 어떤 영웅주의도 찾아볼 수 없었다. 형장의 짐수레 위에서 그녀는 비명을 지르고 반항하며 착오일 거라고 소리를 질러 댔다. 실제 모습보다 더 위대한 이미지로 투영되었던 샤를로 트 코르데·마리 앙투아네트 또는 롤랑 부인의 경우와는 달리, 그녀는 공포에 사로잡힌 채 눈물을 흘리며 나약하게 굴었다. 그녀는 기품도 없었고, 육욕에 빠진 존재는 죽음을 맞이할 각오가 되어 있지 않음을 생생하게 보여 주었다. 바리 부인은 그외의 다른 재주들을 연마했었다. 그녀는 쾌락을 즐길 줄 알았고, 또 즐기게 할 줄을 알았다. 그녀는 향수와 리본, 보석, 남자들의 시선, 그들의 성기, 그들의 손을 좋아했다. 그리고 이 더없이 감미로운 전율·애무·오르가슴으로부터 단두대의 칼날 아래 놓이게 되는 순간까지 그녀는 이런 애원을 했다. "조금만 더요, 집행관님." 프랑스 혁명으로 희생된 많은 자들이 다들 마지막으로, 실제로 했던 말이건 만들어 낸 말이건간에 다들 죽음에 대한 기념비적인 유언들을 남겼건만, 도도한 자부심이 배어 나오는 그 말들 중에서 유독 이 애처로운 애원은 어울리지 않는다. '조금만이라도 더 살게 해달라'는 바리 부인의 애원은 놀라운 것이다. 그녀는 우주 법칙, 정치적 공상들의 유토피아를 벗어나 분명 주체적이고 자기 나름대로 열광적이면서 쾌락만을 생각하는 자신의 존재에 대한 평가의 기준이 있다는 사실을 상기시킨다. 그러나 이렇듯 긴밀한 쾌락의 부분은 집단적인 열광에는 그다지 알맞지 않다. 그녀는 희생할 마음도 없었고, 영광의 불꽃을 포기하고 온갖 권세를 잃고 죽음을 당하고 싶지도 않았다. (목격자들은 그 죄수가 칼날을 보고는 '끔찍한 비명'을 질렀다고 했다.) 그녀에게는 한 가지 바람밖에는 없었다. 그대로 계속 지내는 것. 왜냐하면 그것이 즐거우니까. 비록 늙어감으로써 산책도 마음대로 못하고 행복한 삶을 만끽하지 못한다 해도, 최소한 사형집행관의 손에 내맡겨지지 않는 것만으로도 충분할 테니까.

샤토브리앙의 교육

　우리를 매혹시키는 이 바닷가에 언제까지나 남아 있고 싶다. 밀물이 들면 생 말로로 이어지는 그랑 베 반도에 묻히고자 하는 바람을 이렇게 표현하면서, 《죽음 저편의 회상》에서 샤토브리앙은 말 그대로 이러한 바람을 표현한다. 자신의 무덤이 자신이 첫걸음을 뗀 그 장소에 남게 되기를 바라는 마음. "성과 포르 루아얄 사이에 난 바닷가 모래사장에 아이들이 모여든다. 그곳이 내가 파도와 바람을 벗삼아 자라난 곳이다. 내가 만끽했던 최초의 기쁨들 중 하나는 폭풍에 맞서 싸우고, 세차게 물러갔다가 이내 다시 내 앞으로 밀려 들어오는 파도와 함께 노니는 것이었다." 그는 파도를 가지고 노니는 것이 아니라 파도와 '함께' 노닌다. 그와 파도의 구분 없이 그는 파도를 뒤따르기도 하고 앞서가기도 한다. 그것은 융합의 동맹이고, 리듬 속으로의 침수이고, 사이렌과 함께 하는 노래의 기술이며, 파선하지 않고 깊은 심연 속으로 이끌려 들어가는 것이다. 실존의 방황을 겪던 시절 샤토브리앙은 끊임없이 바다를 찾았다.

"1788년의 일이었다. 나는 말을 타고 시골길을 달리곤 했다. 또는 파도를 따라, 그 오래 된 연인들이 내는 신음 소리를 따라 달렸다. 나는 말에서 내려 파도와 함께 노닐곤 했다." 그는 종종 자신이 태어난 방의 창문을 연상케 하는 방에서, '끝없이 펼쳐진 바다'를 향해 열려 있는 창이 있는 방에서 살았다.

샤토브리앙은 어릴 때부터 '파도 소리'를 들으며 자랐다. 그의 문체는 바다의 수평선을 모범으로 삼았다. 그의 문장 속에서 이야기를 하는 것은 파도의 운각이고, 그의 수사학을 생생하게 하는 것은 파도 소리이다. 그래서 보들레르의 유명한 시 〈인간과 바다〉의 정신 속에서 보여지는 자유에 대한 사랑을 샤토브리앙 역시 바다에서 얻고 있는 것일까? ("자유로운 인간, 언제나 너는 바다를 소중히 여기리라!/바다는 거울이니, 너는 너의 영혼을 응시한다/펼쳐지는 무한한 파도 속에서……") 물론 부분적이긴 하겠지만, 그는 자신의 자유에 대한 사랑은 결정적으로 자신의 귀족으로서의 신분 덕에 가질 수 있었던 것으로 생각했다. "나는 귀족으로 태어났다. 내 생각에 나는 나의 출생의 운을 활용했고, 죽음이 임박한 이 귀족 계급에 주로 속해 있는 자유에 대한 보다 단호한 이러한 사랑을 간직했다." 샤토브리앙은 자신의 출생과 아버지의 실례로부터 불복종에 대한 의미를 철저히 끌어냈다. "내 안에는 복종에 대한 철저한 거부가 자리잡고 있다"라고 그는 단호하면서도 담담하게 표명한다. 이러한 복종에 대한 '거부'는 바다와의 사색적이면서도 유희적인 잦은 만남으로 강화되었다. 그는 바다로부터 몽상적인 기질, 표류와 방향 전환의 능력, 허망한 꼭두각시의 모습만을 다른 사람에게 보여 주며 눈을 뜬 채 꿈을 꾸는 내부극으로 귀착되어야 하는 고뇌를 끊임없이 피하게 해주는 경이적인 차단장치를 받았다. 해군 교육을 받기 위해 브레스트로 보내진 젊은 남자가 동기생들을 무시하고 자신의 고독 속에 틀어박힌다. 그는 아르모리카 반도의 해안 끝까지 산책한다. "……돌출된 곶 다음에는 끝없는 대서양과 미지의 세계만이 있었다. 나의 상상력은 이러한 공간들 속에서 노닐었다."

나는 바닷가를 떠올렸다. 그로부터 한번도 자유롭지 못했기 때문이다. 바닷가는 사실 순환의 기적을 보유한다. "사람들은 해변에서 시간을 보내고, 그 지나간 시간은 해변에서만 만회된다." 마르크 오제는 《불가능한 여행, 관광과 그 이미지들》을 썼다. 해변은 내게 있어 가장 확실한 탐험들의 근원지이며, 본래 지속적인 그 어느것도 세워질 수 없는 부서지기 쉬운 땅에 닻을 내리는 것임에도 불구하고 나는 그러한 탐험들로 인해 생을 지속시킨다. 아이였을 때 나는 해변에 살았었다. 물론 지나간 이야기이다. 나는 해변을 떠나왔다. 그러나 매순간의 중대성은 계속하여 드러났으며, 그 매순간에 의해 아무 일도 일어나지 않았던 사계절 중 그 여름날들의 전개가 섬광처럼 표시되었다. 그 여름날의 하루하루는 표면적으로는 바로 전날의 하루와 흡사하였으나, 그러한 단조로운 외양도 그 매혹적인 힘을 바래게 하지는 못했다. 변하지 않은 것은 내게 있어선 그 무엇보다도 중요하다. 나는 그것이 현실이라고 하는 세상에 비하면 미미한 것임을 알고 있었다. 나는 내 유희의 중대성을 다른 이들의 시각으로 잘못 생각하지 않았다. 그러한 부조화는 나의 열정의 가치를 떨어뜨리지 않았다. 나는 이 사회에, 역사에, 또 어떤 방식으로는 인간에게 지극히 낯선 척도의 규율을 가지고 나의 열정을 지켰다. 바닷가에서 자라나는 아이는 물고기들과 게들에 대해 자신의 '동족'들만큼이나 친근하게 느낀다. 그리고 학교에서 누군가가 그 아이에게 근본적인 차이에 대한 개념을 주입시키려 애쓸 때, 그 아이의 입장에서는 여전히 의혹들이 남게 될 것이다⋯⋯. 아이는 공간적인, 육감적인, 상상적인 괴리, 그리고 시간적인 괴리 또한 의식하며 살아갈 것이다. 그 아이는 조수에 이끌릴 줄을 아는데 무엇 때문에 구태여 시간을 읽는 방법을 배우겠는가?

해변은 우리가 '놀면서' 보낸 그 모든 시간에서 생겨난 우리 자신에 대한 지식, 거리를 두는 힘과 독립의 힘, 거침없는 태도를 키우기 위해서는 이상적인 장소이다. 해변은 스승 없이 학습이 이루어지는 완벽한 장소이다. 《추억 없는 회고록》에서 사진작가 자크 앙리 라르티그의 말에 의하면, 어린 시절의 정신으로부터 떼어 놓을 수 없는 재능에 "해변, 그곳은 지상에서 가장 광대한 장소이다. 사람들은 그곳에서 '제한 없이' 달릴 수 있고, 아무도 당신에게 조심하라고 소리치지 않는다." 비단 해변뿐만은 아니다. 그곳에서 성장하는 것이 우리에게 상상력과 자립 정신을 부여할 수만 있다면 어떤 장소든지 이상적이다. (산, 들판, 헛간, 정원, 복도의 끝, 방의 어느 한구석……) 감시에서 벗어나 우리 마음대로 제한 없이 그곳을 달릴 수만 있다면, 아무도 우리에게 조심하라고 외치지만 않는다면.

지나치는 방들

단순한 슬픔: 미슐레가 말하는 독신녀

혁명이 쏟은 피 못지않게 젊은 아내 아테나이 미알라레가 다달이 흘리는 피에 대해서도 역시 심취했던 미슐레는, 1857년부터 한결같은 열정으로 기록했던 그의 일기에서(1868년 9월 26일자) '사랑'·'여자'·'곤충'·'바다'·'산'·'성서' 그리고 '프랑스 역사'의 완전한 종말에 대해 적고 있다. 감정이입과 연민의 비약으로. 특히 여자에 관해서는(여자에 대한 언급은 어디에나 있지만, 그는 바다에 대해서는 쓰지 않았다) "조금은 난폭한 어머니일지라도 결국은 어머니이다"라고 적고 있다. 그는 우리에게 여자를 연약한 존재로, 고통받기 위해서 만들어진 피조물로 소개하기 때문에 여자가 자신의 소명을 따른다면 불확실하나마 생존의 기회가 주어질 테고, 그렇지 않고 그 소명에서 벗어나면 그 생존의 기회가 그나마 전혀 없는 것으로 묘사한다. 결혼하여 어머니가 된 여자에게서는──모성애는 여자에게 종종 치명적이다──최소한 자신의 운명과 조화를 이루고 있는 모습을 상상할 수 있다. 여자는 한없는 비탄의 주체이다. 사람들은 여자와 눈물은 눈에서 나온다고 생각한다. 여자를 정의하고자 하는 것은 하나의 종교를 설립하는 것이요, 상처를 살피는 것이다. 이렇듯 뱀파이어의 갈증에 사로잡힌 미슐레는 그 갈증에서 헤어나지 못한다. '정상적인' 여자, 즉 남자를 동반하는 여자의 모습도 어지간히 끔찍하지만 '홀로 있는 여인'에 대한 그의 묘사에 비하면 그나마 덜하다. 게다가 그에 의하면, 여자는 지속적인 지적 학습을 견뎌낼 능력이 없다. 공부를 하면 병이 난다. 그럼에도 불구하고 여자가 공부에 전념한다면, 그것은 매저키즘 때문일 뿐이다. "나는 이따금 합승마차에서 얌전하게 차려입은 모자 쓴 젊은 아가씨를 만났다. 그 여자는 시선을 책에 둔 채 다른 곳을 전혀 쳐다보지 않았다. 나는 아주 가까이 앉아서 안 보는 척하고는 슬쩍 보곤 했다. 대개 그런 책은 무슨 문법책이거나 시험 준비용 입문서였다. 두껍고 작게 만들어진 그 책들에는 온갖 학문이 꼭 자갈처럼 무미건조하고 조잡한 형태로 집약되어 있다. 그런데 그 불쌍한 여자는 그것도 모르고 그 모든 것을 뱃속에 처넣고 있는 것이다." 취직에 필수 불가결한 시험을 통과하는 문제라면, 그녀는 아마 죽음도 불사할 것이다. 미슐레는 이렇게 암시한다. "각자가 시험일을 선택할 수 있도록 해야 할 것이다. 대다수의 사람들에게 시험은 끔찍한 것이고, 이런 대비 없이는 죽음의 위험에 처할 수도 있다." 여자는 물질적으로 자립할 수 없다. 그러니 여자의 의존성은 당연한 것이다. 여성의 직업이라는 말조차 얼토당토않은 말이다. 미슐레가 살았던 당시에는 사실 대부분의 상황이 그러했지만, 이 역사학자는 사회적 환경을 고려해 여자를 분석하지 않고 어쩔 수 없이 결정적인 환경에 관련이 있는 것으로 소개하였다. 실제로 미슐레의 말에 의하면, 여자는 물질적으로도 정신적으로도 자립할 수 없다. 밥벌이나 활동적인 사회생활을 할 수 없는 여자의 무능력은 보다 무시무시하고 보다 심오한 핸디캡을 나타낸다. 여자로서 성숙하고 자아를 갖기 위해서는 반드시 한 남자를 필요로 해야 한다는 핸디캡을 가진다. 남자 없는 여자는 거지 신세나 부도덕한 여자로 통한다. 가정이라는 울타리에서 쫓겨난 여자는 '혼자 산다'는 공포에 내맡겨진다.

미슐레는 다소 환각적인 언변으로 이런 악몽을 묘사한다. 방안에 혼자 있는 여인. 그녀는 근소한 임금으로 초라하게 살고 있다. 한 주일의 나날들이 침울하게 반복된다. 그녀의 일요일은 숨이 막힌다. 그런 날이면, 그녀가 음울하게 시들어 가는 동안 같은 층의 남자들이 살고 있는 방으로부터는 흥청거리는 소란스런 소리가 들려 온다. 독신 남성들은 그들의 자유를 자축하기를 좋아하는 반면에, 방문 뒤에 틀어박혀 있는 가엾은 여인은 두려움과 수치심으로 병들어 있다. 결국 그녀는 가구가 딸린 그럴 듯한 방안에 혼자 머물면서, 규범이 자신과 같은 성인 여자들에게 허가하는 한계를 뛰어넘었다고 느끼기 때문이다. 남자들은 맛있는 음식을 먹고 음탕한 이야기들을 주고받으며 외설적인 노래를 부르고, 밤마다 너털웃음을 웃으며 고독한 여인을 박해한다. 그들이 더 이상의 실례만 하지 않는다면 그 여자는 행복할 것이다. "그녀는 소리를 내지 않으려 한다. 왜냐하면 호기심 많은 이웃 남자가(얼떨떨한 학생이건, 젊은 고용인이건 알게 무언가?) 열쇠구멍으로 들여다보거나, 조심성 없이 들어와 무슨 서비스를 해주려고 할지도 모르기 때문이다." 그녀의 방은 감옥이다. 그녀가 어디로 간단 말인가? 카페로? 레스토랑으로? "독신 여자가 되기란 얼마나 난감한 일인가! 그녀는 밤에 좀처럼 외출을 하지 못한다. 사람들에게서 창녀 취급을 받을 테니까. 남자들만 득시글거리는 장소가 수도 없이 많고, 그럴 만한 일이 있어서 갔다 하더라도 사람들은 놀라며 바보같이 웃을 것이다. 예를 들어 그녀가 파리의 외곽에서 밤 늦은 시간까지 머물면서, 배가 고프다 하여 감히 음식점엘 들어가지는 못할 것이다. 그녀는 그곳에서 사건을, 굉장한 구경거리를 만들 테니까." 미슐레의 메시지는 명백하다. 독신 남자는 즐거운 인생을 살고(총각의 인생, 그는 결혼 전날 요란하게 그것을 매장한다. 그리고 '반드시' 결혼을 한다. 미슐레는 결혼하기를 싫어하는 에고이스트들에 대해서는 농담하지 않는다), 독신 여성은 시들어 간다. 그녀의 인생은 서서히 찾아오는 단말마의 고통일 뿐이다. 혼자라는 것은 저주이고 결함이다. "사람들은 혼자 사는 여자를 한눈에 알아본다"고 미슐레는 단언한다.

혼자 사는 여자의 운명은 가혹하지만, '학식 있는 여자' 라든가 '여류 작가' 일 경우에는 무어라 말할 수 없게 된다……. 여류 작가의 남성 공포증에는 전통이 있다. 우월한 냉소와 거짓 연민이나 솔직한 적대감 사이에서 글을 쓰는 여자는 남자들로부터 호감을 얻지 못한다. 그러나 알다시피 글을 쓰는 남자들은 여자들로부터 호감을 받는다. 여자들은 언제나 작가들을 사랑할 태세가 되어 있음을 드러낸다. 동반자나 후견인·여자 친구 또는 뮤즈로서 그녀들은 끊임없이 그 남성 작가들의 일을 격려하고, 그들에게 안식처를 제공하며 살롱에 매력을 더해 주고, 그들의 작품낭독회를 조직하고, 대화로 그들의 피로를 풀어 준다. (그러면서 현학적인 태도는 전혀 드러내지 않는다. 그 점이 학식을 뽐내는 여자나 똑똑한 체하는 여자와 구별되는 점으로서, 우리는 학교에서 똑똑한 여자는 우스꽝스럽다고 배운다.) 《여자들에 관하여》라는 짧은 제목의 텍스트 속에서, 디드로는 '남성 문인들에 대한 여자들의 장삿속' 을 강조한다. 자신들의 동반자로부터 아첨을 받은 여자들은 그들에게 재료를 제공하며, 자신들이 나중에 끝없이 이러쿵저러쿵 입방아를 찧을 몇몇 위대한 여성상에 대한 영감을 불어넣어 준다……. 미슐레의 시각으로 사람들은 혼자 사는 여자를 그나마 동정할 수 있다. 그러나 그 여자가 자신의 상태에 대해서 감히 거만을 떨거나, 영웅주의에 이른 체할 때면 더 이상 측은히 여길 일이 아닌 것이다. 당시 신문기자의 말에 의하면 '온갖 독서에 열정적이었던 두뇌의 소유자'인 샤를로트 코르데의 초상화에 대해서 명상을 하던 중에, 미슐레는 우선 그녀를 좋아하려 애썼다고 한다. "이 화가는 남자들에게 절망을, 영원한 안타까움을 남겨 주었다. 그녀를 볼 수 있는 사람은 어느 누구도 그녀의 심성에 대해서 한 마디 하지 않을 수가 없었다. '아! 내가 왜 이리 늦게 태어났는고! ……아! 그녀를 얼마나 사랑했을까!'" 그리고 그는 무서워 움츠러든다. 그는 그녀에게서 '고독이라는 악마'를 보았던 것이다.

미슐레는 1859년에 《여자》를 출간했고, 과장된 표현이라는 악마에 사로잡혔다. 그를 사로잡은 악마는 얼마 안 있어 그에게 《마녀》(1862)라는 책을 쓰게 했다. 그 텍스트에서 그는 여자도 고독할 수 있다는 능력을 알아보고는 그것을 축출했다. 그 능력을 극도로 밀어붙이면서, 그것을 악마의 계시를 받은 위험하고 불길한 점쟁이·희생물…… 마녀라는 존재의 능력으로 치부하였다. "그녀는 어디에 있는가? 터무니없는 장소에, 가시덤불 속에, 황야에, 뒤엉켜 있는 엉겅퀴 가시 때문에 지나갈 수도 없는 곳에. 밤마다 어떤 오래 된 고인돌 밑에. 그런 곳에 있으면서도 그녀는 여전히 보통 사람들이 느끼는 공포를 느끼지 않는다. 자신 주위에 둥그렇게 원을 이루며 피워 놓은 불에 둘러싸여 있다." 미슐레는 그 원을 깨고, 우리가 듣지 못하도록 금지되어 있던 음성을 복원시킨다. 그것으로 그는 여자의 운명을 역사에 남긴다. '여성 전류'의 전도체인 그는 마녀집회의 흥분 상태에 있는 것으로 상상한다. 그렇다고 해서 그는 이 뜨거우면서도 차가운 장면을 이해할 만큼은 접근하지 않는다. 어느 방안에서 홀로 춤을 추는 여인을…… 그러나 이렇게 자신의 방안에 혼자 있는 여자의 이미지와 결부된 부족감, 기다림의 개념이 우리가 생각하는 것보다 훨씬 집단적으로 공유되고 암묵적으로 승인되지나 않았는지를 자문해 볼 수 있다. 어느 카페의 테라스에 있는 여자를 보면서, 그녀가 누군가를 만나길 바라는 마음으로 그곳에 있는 것이라고 피상적으로 생각하는 남자들에 의해서. 그리고 아마도 여자들도 마찬가지 생각을 할지 모른다. 어떤 다른 중간 과정도 없이 단숨에 시부모들의 보호에 맡겨져, 불쑥 끼어드는 온갖 위협을 면할 수 있는 자신의 집에 있다는 느낌의 안도감을 문득문득 단 한번도 느껴 본 일이 없는 여자들에 의해서도. 그러나 또한 지속적으로 혹은 잠시 동안이라도, 고통이나 욕구 불만 속에서가 아니라 행복감 속에서 혼자 살아온 여자들도 마찬가지이다. 틀림없이 혼자 있다는 것은 일화가 없는, 증인도 없는 시간들에 관한 문제이기 때문이고, 그 시간들은 어떤 이야기나 대화의 대상이 되기 어렵기 때문에, 그것들은(비행기에서 본 하늘의 풍경처럼) 잊혀지기 쉽고 눈에 띄지 않으며 비현실적인 색채를 띠고 있다. 그러한 있음직하지 않은 범주 속에 떨어지는 것은 우리 존재의 전체 면, 이따금 가장 결정적인 여러 달, 여러 해인 것이다. 우리가 살고 있는 시간에서 그런 시간들을 언급하지 않은 것은 그것들에서 확실성을 빼앗는 것이다. 우리는 그 시간들을 기억하기 위한 말을 가지고 있지 않다. 마치 그 시간들은 존재하지 않았던 것처럼 보인다. 게다가 아마도 그런 순간들은 전혀 일어나지 않았었는지도 모른다……. 그래서 우리는 그것들을 고정관념으로, 외부로부터 날조된 이미지로 재평가한다. 그 여자들은 그 시간들을 우수의 희미한 빛 속이나 에드워드 호퍼의 그림 같은 것, 정신분열증의 흰 빛 속에 고정시킨다. 특히 여자들에게 있어 혼자 산다는 것은 언어로나 사회적 표현으로는 다룰 수 없고 변호할 수 없는 어떤 것이 있다. 세상 사람들의 눈에 그 여자를 평가절하하게 만드는 어떤 것, 그리고 그렇게 혼자 살 수밖에 없는 필연으로 주장할 줄 모르는 어떤 것이 있다.

다락방

　내가 나의 학창 시절에 관해 밝히려고 하는 것은, 새로운 삶의 방식에 대한 경탄 때문이다. 그때 나는 내 개인 주소를 부여받았다. 그러니까 내 공간을 가지고 있었던 것이다. "부모님과 함께 사십니까?"라는 질문에, 나는 이렇게 대답할 수 있었다. "아니오, 내 집에서 살고 있어요."

　나는 곧 '내 집에서' 라는 그 말에 매혹되었다. 이사하기 위해 혼자 그곳에 들러 아직은 비어 있는 그 공간을 바라보며 문턱에 섰을 때, 나는 그 방을 응시하면서 말 못할 매혹을 느꼈다. 나는 즐거운 예감이 들었다. 내 집에 대한 권한에 의해 내가 변모되리라는 걸 감지했던 것이다. 어떤 면에서는 변함이 없는 것 같지만 보다 섬세해질 테고, 정신은 보다 민첩해지고 가벼워질 테며, 밖에서 들려오는 거동들에 민감할 필요도 없이 타인에 의해 강요된 의지의 한계도 없이 있을 수 있다는 순전한 기쁨. 내 방에서 나는 여유가 있었다. 내 방은 내내 기쁨 그 자체였다. 놀던 시간을 다시 찾은 느낌 때문이었

을까. 나는 선뜻 그 방에 들어서지를 않았다. 그저 문지방에
무한히 머물러 있을 수 있었으니까. (자신의 공간을 너무나 감
탄스럽게 바라보며 안에 들어가지 않고 입구에서 감탄하며 언제
까지고 서 있는, 카프카의 중편소설 《땅굴》의 등장인물처럼.) 그
런 건 전혀 중요하지 않다. 언제든 내가 들어가고 싶은 시간
에 들어갈 수 있는 그 공간만큼 더 만족스러운 공간을 나는
찾지 못했을 것이다. 그리하여 내가 들어가서 문을 닫고 발로
가방을 침대 쪽으로 밀었을 때, 나는 한없는 만족감을 느꼈던
것이다. 아직은 아무것도 아는 것 없는 그 낯선 파리에서, 해
변용 타월처럼 긴 장방형 방은 내게 확실한 피신처였다.

그 방은 협소했지만, 전체 길이를 따라(대단히 짧은 길이) 둥
글게 난 창문을 통해 하늘이 올려다보였다. 방에는 가구가 하
나밖에 없었다. 낡은 옷장(당시에는 《스왕의 사랑》의 오데트가
말했던 것처럼) 하나였는데, 그 안에는 집주인인 모 후작부인
의 하녀가 내가 7층의 공동 세면장에서 물을 받을 수 있도록
대야를 넣어 놓았다. 그 배려가 고맙게 느껴졌다. 새로운 상황
에 대한 행복감이 금세 밀려왔다. 기숙사에 있었을 때, 공동 침
실에서의 밤이 내내 불행하게 느껴졌던 것과는 대조적이었다.
불행은 우리가 지식에 물린 채, 보기 흉한 앞치마를 허리에 두
르고 줄을 지어 올라가는 계단에서부터 생생하게 나타났다. 거
울에 비추어진 그런 내 모습은 마치 미망인들의 시트가 씌워
진 가구 같은 인상이었다. 불행은 첫번째 홀에서 훨씬 더 강하

게 느껴졌다. 그 홀 끝에는 여감독관의 방이 있었다. (나는 그녀를 부러워하지 않았다. 그녀의 운명은 우리보다 더 나빠 보였으니까. 나는 내 나름대로 그녀를 이렇게 불렀다. "죄수들의 죄수이고, 암캐들 중의 마지막 암캐"라고. 아침의 어스름 속에서 울리는 초인종의 메아리 같은 그녀의 음성은 침대 발치에서 일어나라고 명령하는 개 짖는 소리 같았다.) 결국 이러한 불행의 폭력은 마찬가지로 여감독관의 방으로 끝나는 마지막 홀에 도착했을 때 폭발하였다. 세면대가 있는 샤워실과 이웃하고 있는 그 방안은, 내가 피곤할 때면 기어 올라가 쓰러지듯 눕곤 하던 금속성의 좁고 높은 침대가 기다리고 있을 뿐이었다. 그 방 끝에 있는 여감독관의 방에는 내 침대와 거의 같은 작은 침대가 바로 눈에 띄었다. 그러한 배치는 모든 기쁨의 광채를 꺼뜨리곤 했다. 그러나 어찌되었든 견뎌낼 수밖에 없었다. 거울에 머리를 짓찧는 일이 생기지 않도록, 자는 중에 내 침대 밑에 누워 있는 이의 목을 조르지 않도록 말이다. 그녀의 숨소리는 참을 수 없는 것이었다. 나는 그 횃대 같은 이층 침대가 결코 나의 것이 될 수 없음을 즉각 깨달았다. 정해진 시간에만 누워 있을 수 있고, 오로지 잠을 자기 위해서만 있는 침대가 도대체 무어란 말인가? 그러니 그것이 어찌 내 것이 될 수 있단 말인가? 오후의 햇살 속에서 마음껏 뒹굴면서, 그 햇살을 받으며 시트와 피부에 닿는 그 햇살의 부드러움을 결코 경험할 수 없는 침대. 낮 동안에 공동 침대에 접근하는 것은 규칙상 금지되어 있었다. 나에게는 그 규칙이 밤낮없이 감옥 안 자신의 독방에서 지내야 하는 죄수의 경우와 똑같은 것으로 여겨졌다. 그 죄수는 하루 종일 침대에 누워 있을 수 있을 것이다. 그렇다고 해서 그의 사정이 더 낫다는 것은 아니다. 창문의 쇠창살이나 감시용 문구멍처럼, 그 욕구불만의 침대도 그가 치르는 형벌의 일부일 테니까.

적어도 결핍이 충족으로 전도되지 않는 한, 그리고 우리의 애무가 가장 아름다운 사랑을 낳지 않는 한은. "혼자만으로도 만족해하는 혼자 있는 기쁨, 고독의 몸짓. 너는 타인들을 마음속으로만 소유함으로써 그들은 너의 기쁨을 알게 모르게 돕고 있는 것이다. 네가 친구들과 함께 밤에 작은 모임을 가질 때조차 너의 사소한 몸짓에는 모든 이에 대한 극도의 무관심이 묻어난다. 그리하여 언젠가 너의 침대에 어떤 청년을 재우는 일이 생길 때, 그러한 어설픈 태도로 인해 너는 마치 남과 같이 잔다는 것이 화강암 포석에 머리를 부딪히는 일처럼 느껴질 것이다"라고 장 주네는 《꽃들의 성모 마리아》에서 썼다.

노트르담 데 샹 가에 있는 나의 소유의 그 최초의 방은 그 즉시 내 마음에 들었다. 내가 그 방에서 금세 온갖 찬란함을 느꼈다는 말은 아니다. 왜냐하면 찬란함은 바라보기만 해서 주어지는 것이 아니라 차츰차츰 살면서 발견하게 되는 것이기 때문이다. 그리고 그 찬란함은 게으름을 피우는 시간들 속에서 드러나곤 했다. 예를 들어 반쯤 깬 상태의 어슴푸레함 속에서 바둑판 무늬의 커튼 사이로 새어 들어온 희미한 빛이 대야가 숨겨져 있는 옷장에 양각을 드리우면서 꿈을 연장시켜 주면, 나는 그 꿈속으로 다시 돌아가곤 했다. 또 비가 내리는 날들의 찬란함도 있었다. 비가 내릴라치면 그 방은 내가 빗소리의 리듬을 타고 전율하면서, 그와 똑같은 초조함으로 매달려있었던 독서의 공간과 뒤섞이곤 했다. 오로지 배고픔만이 나를 그곳에서 끄집어 낼 수 있었다. 비 오는 날들, 찬란하게 잿빛을 띠었던 날들, 보이지 않는 심오함과 손에 잡히지 않는 내면의 함정에 걸려든 날들. 여러 대륙과 세기를 관통하면서 그 환상적인 이야기에 빠져 있다 보면 어느 새 밤이 되어 있었다. 나는 읽던 책에서 눈도 떼지 않은 채 램프를 켜곤 했다. 내 인생이 평가되는 것이 바로 책에서였고, 모든 사물에 대한 척도가 담긴 것이 또한 바로 책이었다. 내 몸이 하는 대로 이미지가 바뀌곤 하던 그 방은 책이라는 제국에 굴복하곤 했다. 그 방은 나를 방해하거나, 혹은 나를 무심하게 방치하는 일 없이 그저 나를 더 잘 보호하고 고립시키기 위해 더욱 긴밀해지곤 했다. (두 팔을 뻗치면 양손에 칸막이가 만져지는 작은 공간에서 가능했던 것처럼!) 우편함이 있는 현관으로 바로 들어오는 것이 아니라 뒷계단을 통해서 몰래 재빨리 들어오는 재미난 만족감도 느낄 수 있었다.

뒤늦은 시간들

　나는 집으로 들어가는 걸 좋아했다. 그래서 렌 가와 노트르담 데 샹 가의 모퉁이에 멈추어 맥주를 한 잔 마시면서 그 기쁨을 일부러 끌기도 했다. 카운터 앞에는 피로에 젖은 남자들이 모여 있었다. 나는 그 속에서 단골손님이 내는 웃음소리를 구별하기도 했다. 그는 건축가였다. '알코올은 살인을 하되 서서히 한다'는 옛 속담이 있다. 그에게 너무나도 어울리는 속담이었다. 1년 동안 거의 매일 밤 보았던 그 남자가 한 번은 나에게 이렇게 말한 일이 있었다. "당신, 당신의 눈은 스파이 같소." 그는 내가 자신을 살피고 있다는 걸 알아챘던 걸까? 그는 결국 자신이 설계도를 그린 어느 건물의 11층에서 몸을 던졌다. 다음과 같은 아름다운 이야기를 들려 준 것도 그 사람이다. 어느 마천루의 창문은 유리들이 그 틀을 잘 지탱하지 못할 정도로 너무나 빠듯하게 재단이 되어 있었다 한다. 그래서 몹시 바람이 불던 어느 날 창문에서 유리가 전부 날아가 버렸다. 나는 이 일화에 특별한 흥미를 가지고 있었다. 나는 그 떨어진 유리에 재난을 당한 사람들의 공포를, 터무니없이 죽어간 사람들의 두려움을 상상하곤 했다. 그 이야기를 하던 그 사람의 웃음소리가 점점 커져 갔다. 만일 그에게 계속해서 이야기할 힘이 남아 있었다면, 그는 이렇게 평했을 것이다. 그 유리들은 꼼짝없이 응시해야 할 그 모든 얼굴들에 미리 절망하여 스스로 떨어져 내린 것이라고. 그리고 그는 마치 독백을 하는 무대 위 배우가 그렇듯이 고집스럽게 우리를 응시했다. 나는 맥주 한 잔을 더 주문했다. 그 웃음소리는 대단히 높았고 지나치게 오래 계속되었다. 그는 웃다가 경련을 일으키기 직전에 있는 사람의 모습으로 침울한 파장을 전파시키고 있었다. 한 남자가 나를 향해 몸을 돌렸던 것은 아마도 거기에서 빠져 나가기 위해서였을 것이다.

"오늘 밤 한가하신가 보군요."

"그래요, 하지만 계속 이대로 있게 해주세요."

이런 식으로 명확하게 말할 필요가 있다. 왜냐하면 내가 단순히 "네, 전 한가해요"라고 말했다면, 그 남자는 틀림없이 문자 그대로가 아니라 자신의 언어로 이렇게 해석했을 것이다. "좋아요, 날 가지세요. 날 차지하세요. 날 즐겁게 해줘요." 한 여자에게 "지금 한가하십니까?" (동의어로는 "지금 혼자이십니까?"가 있다. 그런데 이 질문이 자주 쓰이는 것을 보면, 판단컨대 모든 사람들이 미슐레처럼 생각하고 있는 것은 아닌 것 같다!) 라고 묻는 남자는, 극장이나 레스토랑·기차 안에 있는 남자와 똑같은 기분으로 묻는 것이다. "이 자리 비었습니까?" 네.
그러면 그는 그 자리를 차지한다. 그 자리가 비어 있는 데에
는 아무런 이유도 없다. 그저 쓸모없는 빈 공간이다. 그 빈 자
리를 제 것으로 만든다는 것이 충격적으로 보일 수도 있다. 그
자리는 늘 한결같으니까. 한 여자가 밤에 바에서 혼자 술을 마
시며, 해변이나 어느 낯선 도시의 어두운 거리를 거닐며 기쁨
을 느낀다니 생각도 못할 일이다. 그 여자는 자유롭지 않다.
'자유롭다'는 용어가 영웅적으로 될 수도 있고 감탄을 자아낼
수도 있는 긍정적인 힘을 내포한다는 의미로 볼 때, 그녀는 진
정 자유롭지 않다. 방향을 상실한 그녀는 침체되고 버려지고,
또는 되는 대로 방황한다. 그녀에게는 뭔가가 결핍되어 있으
니까. 그게 뭐냐고? 그것은 오래 전부터 여기저기에 씌어 있다.
미슐레는 우리에게 그것을 입증했고, 그것은 단지 하나의 명
확한 사실이 들려 주는 메아리일 뿐이다. 그녀에게는 남자의
사랑이 결핍되어 있다는 사실.《참을 수 없는 존재의 가벼움》
에서도 그 사실을 읽을 수 있다. "……어느 시대나 사랑의 서
정시에서 여자는 남자 몸의 육중한 무게를 동경한다." 공공 장
소에서 여자에게 접근하는 남자는 시적인 표현을 사용한다. 그
는 남성의 체중이 주는 중압감을 받고자 하는 여성적인 갈망
과, 사랑이 애틋하게 이루어지는 만성적인 상사병을 확신한다.
렌 가의 그 바나 다른 헤아릴 수 없이 많은 바들에서 기억에
남을 만한, 혹은 잊혀진 밤들을 보내던 남자는 한 여자에게 묻

는다. "지금 한가하십니까?"라는 이 질문은 그녀가 그 자유로운 시간을 원했을지도 모른다는 사실을, 어쩌면 그녀가 방금막 연인과 헤어져 남은 밤 시간, 남은 청춘을 부드럽게 음미하고 있을지도 모른다는 사실을 한순간도 생각지 않고 있다.

뭐라고? 그녀가 연인과 사랑을 나누고 헤어졌을지도 모른다고? 그러고서 술을 마시러 왔다고? "······사랑을 나누고 난 후, 그는 혼자 있고 싶다는 억누를 수 없는 욕구를 느끼곤 했다"라고 쿤데라는 그의 등장인물에 대해서 썼다. 한 남자의 욕구. 그것은 여자의 경우에 더 그럴 수도 있다. 그러나 그녀가 그런 욕구를 느끼려면 또는 그녀가 그 욕구를 표현하려면, 과감히 관습을 이탈하여 벗어나는 비약이 필요하다. 전통적이고도 낭만적인, 너무나도 엄격하고 유형화되어 있어서 조금만 벗어나도 큰일날 것 같은 행복에 대한 모든 이미지의 틀에서 비약할 필요가 있다. 그녀가 살고 있는 모습은 회화·사진·영화, 그밖에 수도 없이 관습 속에서 표현된 무엇이 아니다. 특히 사진 속의 모습이란 약혼식 복장을 차려입고 미소지으며 서로를 끌어안고 있는 '커플'이거나, 또는 백합향 나는 순백색의 옷을 입고 결혼식하고 있는 부부의 모습이거나, 얼마 안 있어서는 품안에 아기들을 안고 있는 그들의 모습이다. 분위기를 바꾸고 기분 전환을 해야 한다. 그들은 휴가를 떠나고 여행을 한다. 그들은 이스탄불·베네치아·그리스·오스트레일리아·타히티 섬·쿠바·브뤼헤·남아프리카·코르시카 섬·베트남·사하라 사막 등을 돌아다닌다. 그들은 언제나 둘이 함께이다. 심지어 비슷한 미소를 지으며, 똑같은 모습으로 햇빛에 눈부셔 한다.

사랑을 나눈 후에 혼자 있고자 하는 '억누를 수 없는' 욕구를 느끼는 것은 남자이고, 그가 파트너에게 그것을 요구하기란 쉬운 일이 아니다. 하지만 만일 부드럽게 이탈하여 침대 속에서 깜찍한 팬티를 찾아 입고는, 헝클어진 머리와 비뚤게 단추를 잠근 옷차림으로 출구를 나가는 것이 여자라면 어떻게 될까? 그런 경우 떠나고 싶은 그 욕구는 보다 설명하기 어려워진다. 이상적인 것은 연인이 금세 잠이 드는 것이다. 그렇지 않고 너무 좋았다고, 그녀는 행복하다고, 그를 사랑한다고, 너무 좋았기 때문에 혼자 있고 싶은 거라고 아무리 반복해서 말해도 아무 소용이 없을 것이다. 남자는 오히려 정반대로 이해할 테니까. 그녀가 가버린다는 것은 그녀가 슬프고 만족스럽지 않았기 때문이거나, 아니면 다른 사람과 사랑에 빠져서 그 다른 이의 곁으로 돌아가려는 것이라고 그는 생각할 것이다. 전혀 그렇지 않아, 난 당신만을 사랑해……. 이렇게 말하는 것은 오히려 오해를 부추길 뿐이다. 그러면 아마도 그녀는 지쳐서 체념하고, 결국은 떠나지 못하고 남을 것이다. 그리고는 두 사람 모두가 그렇게 해서 다같이 불면증의 지옥에 사로잡히지 않기를 바라야 한다. 나란히 누워서 말없이 무거운 한숨을 쉬며 허공을 향해 눈을 뜬 채 열기와 번민에 땀을 흘리며 고통스러워하지 않기를. 시간은 멈추고 서로가 분리된 느낌만 커져 간다. 이제는 상대방이 너무 먼 곳에 있어서 그녀는 더 이상 떠날 수도 없다. 그녀는 심지어 침대 속에서 꼼지락거리거나 너무 큰 소리로 한숨을 쉴 수도 없다. 그녀는 비극이라는 치명적인 공간에 갇혔다. 조금 전까지만 해도 작은 배처럼 가볍던 그 침대는 이제 화강암 밑에 깔린 부부의 무덤이 되었다.

결국 그 모든 것에도 불구하고 그녀는 떠나고자 하는 생각을 포기할 수 없다. 그러나 결국 떠나지 못할 것이다. 그리고 밤마다 그녀의 매력과 투명함을 잃을 것이다. 속으로는 계속 갈등을 일으켜 다른 변명, 다른 반박, 다른 이유들을 찾으면서도 화해점에 이르지 못하기 때문이다. 그녀는 갈등이라는 카오스 속에서 사는 여자이다. 모든 상황에서 남자 친구나 여자 친구와 함께 자신이 끝내 설득하지 못해 자신의 뜻대로 바꾸지 못한 '그 사람'에게 혼자 계속해서 말을 걸고 있는 여자이다. 레스토랑에서 점심 시간에 서로 이야기를 주고받는 두 여자가 오로지 이혼의 슬픔, 배신의 상처, 이기주의와 몰이해, 배은망덕의 온갖 증거들을 되씹던 대화를 우연히 엿들은 경우가 얼마나 많았던가. 언제나 그녀의 입장에서는 남자 쪽이 배신자이다.

그 시간은 그 여자들이 그들의 기쁨을 위해서 자유로이 쓸 수 있는 휴식 시간이었다. 그러나 그 시간은 고정관념이라는 불가피한 십자가로 차단되어 있다. 그 여자들이 미네랄 워터를 주문할 때까지는 서두름·갈증밖에는 없다가도, 반복되는 그 이야기로 돌아가 다시 분한 마음으로 서서히 자신들을 파괴하고 고문하는 것이다. 그 여자들은 너무도 익히 들었음직한 이야기들을 요란하게 떠들어댄다. 그렇게 떠들어대면서 마음을 달래는 것이다. 그렇게 요란하게 부인할 수 없는 사건을 떠들어댐으로써 내적이고, 조용하며, 돌이킬 수 없는 그 결별의 사건이 주는 고통을 달래려는 것이다.

그런데 어느 순간, 그렇게 떠들어대다가 그들은 문득 말하기를 멈춘다. 그 점이 중요하다. 혼자 사는 세월은 침묵을 수련시키는 법이다. 내가 집으로 돌아가는 의식을 위해 바에서 과도하게 지체하는 것을 즐기는 것은 술을 마시는 기쁨과 술집의 대화를 듣기 위해서이다……. 알코올 중독자는 세상에 대하여 왕에 대한 어릿광대의 자유를 가진다. 그들은 무슨 말이든지 할 권리가 있다. 그것이 아무것도 아니기 때문에 허용된다. 그들이 말하는 내용 속에는 천재적 착상도 있을 수 있지만, 결론이 없는 것도 있을 수 있다. 아침이면 아무것도 남아 있지 않는다. 지성의 가장 아름다운 자원들이 뒤죽박죽 나누어진 의식의 번득임으로, 술에 취한 사람들은 혀가 말을 듣지 않아 꼬이면서도 과격하게 거만해진다. 기 드보르는 취기가 일으키는 풍미를 이렇게 잘 표현하고 있다. "다른 모든 이들처럼 난 우선 가벼운 취기가 일으키는 도취를 사랑했고, 그 다음에는 금세 난폭한 취기 이상의 것을 사랑했다. 그 단계를 넘어섰을 때는 시간의 추이에 따라 이루어지는 멋지고 고요한 평화를 사랑했다."

카페에서 이루어지는 말들의 그러한 혼란 속에서도 가능한 한 오랫동안 머무르는 이러한 태도는, 내가 그 소음으로부터 도망치거나 밤의 차분함 속에서 건물 뜰에 앉아 내 방의 침묵을 미리 맛보는 순간을 더욱 잘 인지하게 해주는 예술에(어떤 면에서는 음악적이나 비뚤어진) 속하기도 했다. 계단 아래에는 에나멜로 된 권위적인 느낌의 작은 색인판이 뒤쪽 계단 출구를 가리키고 있었다. 그것은 19세기말에 생긴 것으로(일부 건물 정면에 반쯤 지워진 채로 남아 있는 글자들인 '전층 가스 공급'처럼), 부르주아 사회에 없어서는 안 되는 신분이었던 하인들이 주인들이라는 신분과 섞이지 않도록 분명하게 구분되던 시절의 유물이다. "너희들의 일은 끝났으니, 우리 구역에서 어슬렁거리지 말고 너희 오두막집으로 돌아가 우리 눈에 띄지 않도록 해라." 주인들은 대개 그렇게 말했다. 혹은 "훔친 양탄자를 가져가서 뭘 하려고 그러니?"라는 말이 들려오는 듯하다. "자유와 나태의 순간이 없다면 의식은 명백해지지 않는다. 네가 하늘이나 어떤 지점에 시선을 고정시킨 채 누워 있을 때, 너와 세상 사이에 어떤 빈 공간이 생겨나 그것 없이는 의식이라는 것은 존재하지 않을 것이다"라는 치오란의 말이 사실이라면, 너의 깊은 곳에서 꿈을 꾸고, 명민하게 굴어라. 너의 의식을 완전하게 하여라.

불을 켜고 커튼을 쳐라

1929년에는 버지니아 울프의 《자기만의 방》이 출간되었다. 미슐레의 《여자》가 출간된 해인 1859년에 비해 여자들의 권위가 한층 향상되었다고는 해도, 여전히 독립에는 그다지 유리하지 않았던 상황이었다. '여성들과 소설'에 대한 강연 요청을 받은 버지니아 울프는, 그 놀라운 명상록에서 문학 작품에 대한 설명이나 분석보다는 무엇보다도 여성의 글쓰기를 가능케 하는 조건을 검토하였다. "한 여자가 소설을 쓰고자 한다면, 약간의 돈과 자기만의 방을 소유하는 것은 필수적이다." 버지니아 울프는 여자들이 소외되거나 품위를 잃지 않고 활동하는 데 필요한 최소자금으로 한 달에 5백 파운드를 제시하고 있다. 그 정도의 액수는 여자들이 벌 수 있는 돈이다. "예전에 나는 신문사에서 임시 잡일을 구걸하고 이 신문에는 지루한 쇼에 대해, 저 신문에는 결혼식에 대해 기사를 쓰면서 돈을 벌어 살았다. 그리고 봉투에 주소를 쓰고, 노부인들에게 책을 읽어 주고, 조화들을 만들고, 유치원 아이들에게 알파벳을 가르치면서 몇 파운드의 돈을 벌었다. 그런 것들이 1918년 이전에 여자들에게 한정된 주된 일이었다." 그런 경우 어쩔 수 없이 자신의 능력에 못 미치는 일로 번 푼돈은 자신의 고용주들에 대한 증오심과 복수심을 키우게 된다. 너무 힘겹게 얻어지는 이런 물질적인 자유로 정신적인 자유까지 상실하게 된다. 버지니아 울프의 말에 의하면, 그러한 대가를 치른 돈은 '비물질적인 자유'의 형태들인 내적인 평화, 고도의 열정을 만들지 못하고, 그러한 평화와 열광 없이는 그 어떤 소설 작품도 빛을 보지 못한다. 버지니아 울프는 그 점을 여러 번 되풀이하여 이야기했다. 그녀는 그 강연이 있기 이틀 전에 산책을 하면서 다음과 같은 사색의 결론을 얻는다. '5백 파운드의 수입과 자기만의 방'이 있어야 한다. 개인적인 방을 소유하는 것은 자유를 얻는 결정적인 한 걸음이지만, 그것만으로는 충분치 않다. 보다 높은 단계로 올라서야 한다. 분한 마음과 원한을 갚으려는 분노의 감정을 극복해야 한다. 그래야 진정 자유로운 것이다. 우리가 극복해야만 했던 이미지가 우리를 방해하지 말아야 한다. 그리고 그 이미지가 내부에 감추어진 채 슬그머니 끼어들곤 해선 안 된다. 그리하여 매순간 한 여자의 정신적 도약을 깨뜨리는 고문이어선 안 된다. "만일 한 여자가 글을 쓴다면, 그녀는 가족 누구나가 사용하는 공동의 거실에서 써야 할 것이다. 그리고 나이팅게일 양이 그렇듯 격렬하게 '여자들은 그들 자신만의 것이라 부를 수 있는 시간을 반시간도 가지지 못한다'고 불평하였듯이, 그녀는 글 쓰는 도중에 끊임 없이 누군가의 방해를 받게 될 것이다."

자기만의 방, 방해받지 않는 시간을 즐기는 것, 철저히 탐험된 개념적이고 상상적인 삶의 연속체 속에서 발전하는 것. 그것은 여자에게는 지난 세기까지만 해도 없었던 사치이다. (제인 오스틴이나 샬럿 브론테는 최소한의 개인 공간도 갖지 못한 채, 주위 사람들 몰래 종이를 구입하는 데 필요한 돈을 겨우 모아가면서 소설을 썼음을 버지니아 울프는 우리에게 상기시킨다.) 물질적인 자유와 정신적인 자유는 일치한다. 따라서 방의 공간은 에픽테토스의 소중한 지혜와 하나를 이루게 된다. 정신적인 자유는 "외적인 것에 지배되지 않도록 자기 자신을 지배하는 자기 의지에 달렸다."

방은 이런 비의존의 제국이다. 방이 비록 수수한 외관과 작은 면적을 가지고 있는 공간일지라도 거기에는 물리칠 수 없는 원칙이 내포되어 있다. 실제로 방은 환원할 수 없는 차원들을 가진다. 나의 가능성의 끝까지 가보고자 하는 내 안의 의지.

마르그리트 뒤라스는 노플에 있는 시골집에서 오랫동안 고독한 시간을 보내면서, 이따금 친구들의 방문을 반가이 맞아들였다. 친구들이 산책을 떠나거나 자신들의 집으로 돌아가고 나면, 그녀는 다시 혼자가 되었다. "그들이 떠나간 뒤에 이어지곤 하던 식의 침묵을 나는 기억하고 있다. 그 침묵 속으로 돌아가는 것은 바다 속으로 돌아가는 것과 같았다. 그것은 행복이기도 한 동시에 생성에 대한 사유에 잠기는 매우 명확한 상태였다. 글쓰기에 대해서 생각하는 방식이거나, 혹은 어쩌면 그것만으로도 글쓰기에 대해 생각하지 않는 방식일지도 모른다." 버지니아 울프가 한 사색의 연장같이 들리는 이 텍스트에서, 마르그리트 뒤라스는 《자기만의 방》을 선구적이고 발단이 되는 책이라고 생각하며, 남자들에게는 아무것도 아니겠지만 여자들에게는 지대한 영향을 미쳐서 성별간에 분할선을 긋는 책이라고 생각한다.

내 방은 오로지 나에게 종속되어 있는 것이기 때문에, 나는 내가 원하는 대로 변화시킨다. 포스터들을 떼어 다른 곳에 붙인다. 나는 그 벽들에 구속받지 않는다. 나는 다른 구역에 있는 새로운 건물로 가구를 옮기고, 파리를 방문한다. 그리고 매번 그 방은 나와 함께 시작한다.

이런 유동성은 나를 자극한다. 나는 떠나기 위해 떠난다. 나는 슬쩍 무관심이라는 자유를 누린다. 그 성급한 부조리를. 그러나 어떤 방도 다른 방과 똑같이 생기지는 않았다. 각각의 방이 갖는 특수성이 낯선 장소에서의 흥분을 설명해 준다. 방이 나 있는 방향도 제각기 다르다. 다양한 형태와 크기, 창문 높이의 다양성(나는 밖을 향해 열었을 때 아무도 거기에 접근할 수 없도록 아주 높이 나 있는 창문을 '살창'이라고 부른다는 것

을 배웠다), 벽지 색깔의 음영, 천장의 기울기의 정도(일어설
수도 없는 고미다락방들도 있다)도 다르다. 나무 바닥이냐 아니
면 옅은 붉은색의 포석 바닥이냐, 수도꼭지를 열면 내가 아직
잠그지 않았음을 친절하게 일깨워 주려는 듯 전화벨 소리 같
은 소음을 내는 수도꼭지 같은 것들도 있다……. 하지만 그것
은 영혼의 빛깔이라든가 분위기의 특이성은 아니다. 일시적인
피신 외에는 다른 것을 결코 제공하는 것이 없는 방들에 들어
가는 것은(비록 삶 전체가 그곳에서 진행되었다 하더라도) 어느
누구의 집에 들어가는 것도 아니다. 그 방들은 과거 여러 세대
의 정착이 이루어진, 유령들과의 공모가 있는, 절망한 모든 고
백과 광기를 비밀로 보유하고 있는 두꺼운 벽이 있는 집들과
는 정반대이다. 다시 버지니아 울프의 글을 읽어보면, 방들을
세심히 관찰할 수 있다. "그 방들은 서로가 완전히 다르다. 그
것은 고요하거나 우레 같은 소리가 나고, 바다를 향해 열려 있
거나 반대로 형무소 마당을 면하고 있고, 빨래가 널려 있거나
오팔 보석과 비단으로 가득하고, 말총처럼 꺼칠꺼칠하거나 깃
털처럼 부드럽다. 그저 어떤 거리든 그 거리에 있는 아무 방에
나 들어가 보라. 이렇게 극도로 복잡한 여성성의 힘을 알게 될
것이다. 달리 어떻게 존재할 수가 있었겠는가? 수천 년 동안 여
자들은 그저 그들의 가정 안에만 안주해 있었는데 말이다. 그
래서 지금은 벽만 해도 그들의 창조력이 배어 있다."

학창 시절의 방들에는 우리의 창조력이 배어 있지 않다. 우

리가 그곳을 황량한 상태로 내버려두는 그 순간 때문에 그 방이 존재하는 거라고 생각하고는, 그곳에 그다지 오랜 시간 머무르지 않는다……. 우리는 그 방을 달리 활용하면서 즐겁게 탕진한다. 좀더 후에 우리는 틀림없이 그것을 후회할 것이다. 그러나 그것도 잠시 이내 밖에서 노는 시간을 흥겨워하면서, 아무것도 하지 않고 쓸데없는 일에 강렬하게 몰두하면서 쾌락으로 시간을 낭비했던 그 수많았던 모든 바들의 이름들을 연달아 떠올릴 것이다……. 우와조, 라뉘, 데자미, 라브니르, 레 사방, 르 스포르티프, 르 프로그레, 레 필로소프, 라 무스타슈, 라 플로티유, 라 마린, 레자마르, 라 파타슈, 라 파스렐, 르 쉬드, 르 노르, 뤼니베르, 라 리꼬른느, 까페 드 튀렝, 마드리드, 암스테르담, 플라쥬, 라 가르, 엉파스 라 쥬테, 르 솔레이유, 레자메리크, 레 네고시앙, 레자마퇴르, 레 브와야죄르, 레자르티스트, 레폴리, 르 씨에클, 카페 드 라 뮈지크, 투바미유, 되 가르송, 되 프랭스, 트르와 디아블, 라 프롱드, 르 플로리앙, 르 레정, 라 비엘뢰즈, 트리아농, 르 텅 페르뒤, 라펭 아질, 쉐잘리스…….

우리가 자유의 유령을 추적하는 것이 그 카페들에서이다.

자식이 없다는 것

아름다운 날들로 이어지는 학창 시절의 삶은, 우리에게 소위 진정한 가치를 지닌 사람들이라고 말해지는 성인의 면모와는 반대이다. 활용되지 않는 실속 없는 시간의 최소한의 간극, 그 공허함에 대한 공포 위에 세워진 삶, 그리고 일·직무·기능·책임감·계획(우리는 미래가 '있고,' 그것을 관리한다)으로 가득 차 기진맥진해지는 삶. 언제나 뭔가를 덧붙여 늘릴 방법이 있고, 하루는 효율적인 짜임새를 가진다. 우리는 동틀 무렵에 하루를 시작할 수도 있고, 아침 식사를 하면서 사업이나 정치적인 모임(왕가의 기상 의식을 왜 복원하지 않는가? 그렇게 하면 공적인 하루를 좀더 일찍 시작할 수 있을 텐데)을 가질 수도 있다. 아침 식사 후에는 밤까지 해야 할 일들이 이어진다. 그러니 그 게임은 피로감과 싸워 자기 자신을 이겨야 하는 게임이다. 피로감을 완전히 무시하고 육체의 신호에 무관심하든지, 아니면 피로는 좋은 것이며 긴장하고 번민하고 다소 신경질을 부리는 것이 우리의 상상력에 필요하다고 선언하든지 해야 한다. 일 중독자들은 서류 속에 빠져들어 불면증에 유리한 체제를 만들어 내야 한다. 그래야만 한다. 그렇지 않으면 아주 잠깐 쉬는 것만으로도 쓰러지고 말 것이다. 어쩌다가 일하는 것을 멈추도록 강요받는 순간에 처해진 그들을 보면 불쌍한 생각이 들기도 한다. 오페라가 상연되는 극장에서 '코지 판 투테'의 첫 소절을 듣다가 너무도 극심하게 밀려 오는 피로로 몸을 제대로 가누지 못하는 그들……. 그러다가 어느 새 언뜻 잠들었다가는 박수갈채 소리에 퍼뜩 정신을 차리는 모습. 그들이 극심한 피로감에 굴복할 때는 진정으로 더 이상은 버틸 수 없을 때이다. 어느 저녁 시간에 기차 안에서 잠든 사업가들로 가득 찬 찻간을 보는 것은 기이한 일이다. 나는 그들을 지켜보며 내가 그곳에서, TGV 침대에 실려 최대한 빠른 속도로 본국으로 돌아가고 있는 그 군단 한가운데에서 혼자 잠이 깨어 대체 뭘 하고 있는 걸까 자문해 본다. 대단히 빠른 속도로 지나가는 그 시간에 대해서 그들은 무엇을 기억할까? 아무 것도, 또는 거의 아무것도 기억하지 못한다. 계획화의 오점들, 준비된 담론의 오류들, 비행기가 세상의 다른 편 끝의 활주로에 착륙했을 때 느끼는 다른 기후에 대한 놀라움. 갑자기 땀이 겨드랑이를 타고 흘러 셔츠와 조끼를 적신다. 땀이 눈 주위의 작은 주름들 사이로, 귓속으로 타고 내려온다. 그들은 아득한 마음이 되어 회장과 함께 하는 그 회견의 세 가지 요점에 초점을 맞추는 대신에 이상한 모순된 욕망을 떠올린다. 차가운

수박을 베어먹거나, 뜨거운 육체를 깨무는…….

어쨌든 충만한 인생, 초속 3백 킬로미터로 겪던 인생도 언젠가는 멈춘다. 더 이상 사무실에 나가지 않게 되는 일이 생긴다. (사무실 문에는 당신의 이름이 아닌 다른 이름이 기입된다.) 당신의 다이어리에 앞으로 올 모든 주와 달의 칸이 공란이 되는 어느 월요일 아침이 반드시 온다. 퇴직 연령이 쉼없이 다가오기 때문에 그 숙명적인 월요일은 점점 더 빨리 온다. 미래를 예견한 버지니아 울프는 머지않아 직장에서도 여성들이 남성들과 동등해질 것이라고 확신하면서 그들의 삶의 지속 기간이 줄어들 것이며, 여자들도 그들처럼 빨리 죽을 것이라고 생각했다. (그녀는 조화로운 진보에 따라 여자들의 미래를 본 반면, 현대 여성인 우리 중에는 여전히 옛것의 가치를 쥐고 사는 여자도 있다. 어떤 여성은 사생활에서 자신의 행복을 보유하고 있는 남자들에게 선천적으로 부여된 절대적인 우월한 지위를 변질시키지 않는 한 중요한 직위를 가질 수도 있다.) 그러나 우리가 알고 있는 한 일은 달리 전개되었다. 여자들은 일의 영역에 잘 접근했지만 그들의 상황은 변했다. 그 결과, 그 두 성은 활동적인 삶으로부터 내쫓겨 긴 무위의 시간들을 앞에 놓고 있는 자신들을 발견한다. 우리를 교육시키면서 진정한 가치를 형성시킨 것이 바로 학창 시절 그때이다. 책과 세상 속에서의 방황, 카페에서 이루어진 우정에 대한 취향, 우연한 만남들과 끝없는 대화들, 어린 시절의 놀이 속에 본능적으로 빠져들던 자기

애의 심화……. 그때에는 그 모든 것, 무질서 속에서 여분으로 아니면 공부나 취업 준비에 대한 반대로 불거져 나온 그 모든 '경험'이 본질적인 것으로 보인다. 마치 그것이 없으면 어떤 기쁨도 얻을 수 없는 것처럼. 특히 젊음이 끝난다는 것이 굉장히 끔찍한 것으로 느껴지고 강제로 휴가상태에 놓여지는 그 코미디 같은 상태에서는 아무런 기쁨을 느낄 수 없는 것처럼.

니체의 말을 들어 보자. "노동을 하는 많은 사람들에게 있는 코믹한 점은 가중된 노력을 통해서 간신히 여가를 얻고, 그들이 그들의 종말에 이르렀을 때 무엇을 해야 할지 전혀 몰라 시간이 지날 때까지 시간을 헤아린다는 점이다."

나는 니스에 있는 프롬나드 데장글레 가를 한 바퀴 돌려 한다. (오페라 극장 옆 생 프랑수아 드 폴 가 26번지에는, 그때 이후로 치워지긴 했지만 표지판 하나에 '프리드리히 니체와 그의 번민하는 천재성이 이 집에서 1865-1866년까지 살았다'라는 문장이 새겨져 있었다.) 바다 맞은편 여기저기에 놓인 벤치와 의자들에 노인들이 앉아 있었다. 그들은 다 함께 대화를 나누려 말을 꺼내 보지만 좀처럼 되지 않는다. 대개는 침묵에 압도된다. 그 침묵은 아무것도 하지 않는 무료함에 대한 그들의 저항, 활동에 대한 그들의 마지막 의사를 용해시켜 버리는 저 푸른 바다를 오랜 시간 응시한 데서 나온 걸까? 그곳 파도 너머의 맨 앞줄에 앉아서 자갈들이 구르며 낮게 소리를 내는 바그너식의 음악에 잠이 든 그들은, 그들을 초월하는 찬란함에 그저 패배한 것 같다.

아무런 대화도 이어지지 않는다고 말한 것은 틀린 말이다. 그들에게는 영원히 고갈되지 않는 두 개의 주제가 있다. 현재 젊은이들의 통탄할 만한 관습과 그들의 자식들과 손자들에 관한 것이다. 이야기 속에 드러나는 그들의 의견은 완곡하긴 하나 대개 부정적으로 드러난다. 그들이 실망스러워하는 것은 그들의 자식들 자체가 아니라 자식들이 선택한 아내나 남편이다. 바로 그들, 그 이방인들이 그들의 건전한 자식들에게 그 시대의 부패를 유입시키는 것이다. 그런데 바로 그들과 함께 자식들이 번식을 해야 하다니, 맙소사! 자식들로 인한 무거운 상처들은 고통스럽기만 하다. 그곳, 프롬나드 데장글레 가에서 그들은 끝없는 바다를 앞에 두고, 자신들이 마치 발자크의 '고리오 영감'인 양 회한을 갖고 과거에만 매달린다. 깊은 종교적 신념에 의해 뒷받침되지 않는 한 희생의 이야기는 씁쓸한 입맛을 남긴다. 버림받고 사랑받지 못한다는 점을 불만스러워하는 그 대부분의 부모들에게는 믿음이 부족하다. 그래서 그들은 각자 자기 자신을 위하여 다시 기운을 차리지만, 어떤 이들은 벤치에서 벤치로 옮겨다니며 한결같은 슬픔과 기나긴 불만을 토로한다. 나는 해변에 앉는다. 한 여자가 나에게 다가온다. 인색한 손녀의 음모로 인해서 자신이 어떻게 영국에 있는 자신의 집에서 쫓겨났는가를 들려 주기 위해서이다. 내가 자신의 이야기에 무관심하다는 걸 안 그녀는 나를 공격한다. "그러면 당신은 어때요? 당신은 자식들에게 만족하나요? 자식들하고 잘 지내요?" "전 자식이 없어요." (침묵, 나를 한참 쳐다본다.) "그거 정말 안됐군요"라고 말하면서, 그녀는 나에게 등을 돌린다.

"자식이 없다"는 말은, 마치 누군가가 "저는 포르투갈어를 못해요"라고 말하는 것처럼 주위에 냉랭한 바람을 일으키는 재주가 있다. 여자들이면 누구나 당신을 앞에 두고 조금 전과는 다른 얼굴로 당신을 쳐다본다. "자식이 없다구요? 당신은 어머니가 아니란 말이에요? 아이를 갖고 싶었던 적이 한번도 없나요? 말도 안 돼! 모든 여자는 아이를 갖고 싶어하는 법이에요. 그게 여자의 본능이고 자연의 법칙이에요. 자식이 없는 여자는 미완성된 여자예요. 그런 여자는 여자라는 이름에 걸맞지 않죠. 자연을 거스르는 그런 존재에게는 다른 용어를 만들어 주어야 할걸요. 스타들을 한 번 보세요. 그들은 모두 화려한 경력과 아이를 갖고 싶어하잖아요." 번식 능력과 그다지 관련이 없는 한 여자를 앞에 두고 흥분한 의사가 이런 말을 했던 것이 기억난다. "피임약을 복용하는 데에 지치지도 않습니까?" 아니, 나는 전혀 지치지 않는다. 오히려 피임약이 맛이 좋다고까지 생각하고 있었다. 반대로 가정을 이루는 데에 지칠 거라고 나는 생각했다. 누구에게나 분명히 약점은 있다. 그리고 그가 아무리 인간 육체의 전문가라 하더라도, 그는 필립 머레이가 말한 것처럼 여자들을 문제삼으며 섹스와 태내를 혼동하는 수도 없이 많은 사람들에 속한다. 그는 더 이상 들으려 하지 않았고, 나는 더 이상 말하고 싶지 않았다. 법과도 같은 종교의 계율과, 언론의 가호가 더욱 견고하게 만든 적대감에 맞서서 어떻게 나를 변호한단 말인가? 뭐라고 말한단 말인가? 그 이야기에서 아무것도, 임신도, 출산도, 매일 아이에게 밥을 먹이고 보살피고 교육시키는 것도 절대 내 마음을 끌지 못했다고. 거의 아무 생각도 없이 자동적으로 시작되어 아주 오랫동안 지속되는 사랑에 대한 생각은 나를 고통스럽게 한다고. 언제까지 지속될지 모르는 것에 쏟을 에너지가 없다고. 또한 나는 너무나도 작은 방에 살고 있어서 너무나 자주 이사를 하곤 했다고 말할 수도 있었을 것이다. 혹은 결혼에 대해서 환상과 지나친 책임감을 갖고 있다고, 혹은 나는 유치한 에고이스트여서 타인의 유희에 관심을 갖기에는 혼자 즐기는 것에 너무 익숙해 있다고. 한 남자에 대한 욕망과 아이를 갖는 욕망 사이의 관계를 전혀 느끼지 못했다고. 나에게는 연결고리 하나가 빠져 있다. 어쩌면 그것은 어린 시절 부모에 의해 중단되는 것에 대한 공포증과 관련이 있지 않을까? 좀더 후에 나는 주위를 둘러보고 내 시각이 편협하다는 사실을 깨달았다. 나는 어머니와 함께 있는 어린아이들을 관찰했다. 그 아이들은 쉴 새없이 어머니들을 방해하고 있었다! 사실 단편적인 시간, 그것이 가정 내의 어머니의 시간이다. 그리고 그것은 인간을 소외시키는 노동인 그 반복된 가사노동을 은폐하는 재량이자 처세술이다. 마르그리트 뒤라스가 쓴 것처럼 주부는 "다른 사람들, 즉 다른 가족들과 외부 기관 사람들의 시간표에 맞추어 자신의 시간표를 만들어야 한다. (……) 남자들에게 좋은 어머니란, 여자가 자신이 가진 시간의 불연속성을 조용하고 눈에 띄지 않는 연속성으로 만들 때이다." 어머니는 내게 "너도 언젠가 아이들을 가지면 알게 될 거다"라고 말하곤 했다. 좋아! 난 지금도 모른다. 나에게는 그런 날이 오지 않았으니까…….

나는 입을 다물곤 했다. 할 말이 없으니까. 어떤 설득적인 논리도 없다. 그것은 내가 사람들이 나에게 동조를 하든 안하든 전혀 개의치 않는 주제이다. 내가 보기에는 일관성 없는 주제이다. 그래서 자식 없는 여자들이 침묵하는 것이다. 어디에서나 볼 수 있는 성모 마리아와 아기의 모습과 함께 하는 어머니들의, 그리고 어머니들에 대한 무궁무진한 말과는 대조적이다. 여자들의 말과 남자들의 말. 그 말들은 대개는 숭배 속에서, 혹은 불경한 언사·증오 속에서 격렬하게 표현된다. 어머니들에 대해 저주하는 사람들, 불임을 크게 지지하는 사람들은 노발대발한다. 스위프트·사드·쇼펜하우어·니체·토마스 베른하르트·쿤데라……. 그들은 직접, 혹은 자신의 작품에서 그들에게는 낯선 번식력에 반대하는 말을 했다. 그들은 여자로 인해 절망한 강렬한 장면을 연출한다. 자연의 법칙을 피하려는 의지 속에서 그들은 무엇이건 닥치는 대로 이용하고 아무 논점이나, 심지어 여성 혐오증까지도 사용한다. 그들의 목적은 그들 존재의 단일성, 그들 창조의 절대성을 구원하려는 것이다.

모성을 거부하는 여자는 말하는 것에 약하다. 미사여구를 능란하게 활용할 줄도 모른다. 나약한 변호사, 자신의 성에서도 소수파에 속하는 그녀는 자신의 소속을 의식하고 '여자' 축에 끼이지도 못한다.

아이를 원하지 않는 남자는, 자신은 아이를 원하지 않는다고 상대에게 말한다. 갑자기 적이 된 상대는 자신의 아름다움과 눈물로 남자를 설득시킬 수도 있다. 아이를 원하지 않는 여자는 그녀 자신을 위해 원하지 않는다고 말한다. 그녀의 거부는 비록 들리지 않고 실제로 발설되지 않았다 하더라도 이미 돌이킬 수 없는 일이다.

여행하는 방법들

사랑의 기술과 내일을 생각지 않고 살아가는 기술을 연구하던 그 긴 세월 동안 내가 할 수 있었던 유일한 것은 여행이었다. 여행할 곳이 너무 광대해서 한평생이라는 시간도 모자랄지 모르는 활동. 권태의 위험도, 적도 전혀 없는 세계! 볼 것이 이렇게 많은데 왜 직업을 얻으려 근심하는가, 왜 자신의 감옥을 짓는가? 미래를 다스리기 위해서 무기를 연마한다는 핑계로 미래를 오히려 저지하는 그 고집을 난 이해하지 못했다. 내가 보기에는 떠나기만 하면 충분한 것 같았다……. 물론 여행하는 방법들은 다양하다. 그리고 내가 여행을 내 '업'으로 삼고자 했을 때 순진하게 생각했던 것과는 달리, 여행이라는 것은 몇 킬로미터를 돌아다녔느냐를 가지고 평가되는 것이 아니었다. 공간 속에서처럼 우리가 글 속에서 직선적으로 나아가고 있기 때문에, 그 다양한 방법들을 내가 여기서 구분짓고는 있지만 그것들은 끊임없이 서로 섞여 녹아든다. 길을 지배하고 길에 자취를 남기는 산책자로, 탐험가로, 잠시 가출하는 사람으로, 모험가로 우리는 여행을 하는 것이다.

산책하다, 떠나다

우리가 처음으로 걸을 수 있게 되었던 때, 세상이 천장이나 나무에 매여 있는 아치형 요람으로 제한되는 대신에 우리 앞에 우뚝 서서 자주적인 주행을 제공하며 무궁무진하다는 사실을 드러내던 그날을 기억할 수 없다는 것은 유감스런 일이다. 내가 혜엄을 칠 수 있게 되었던 날, 비록 그다지 멀리 나가지는 못했지만 나는 단순히 이야깃거리가 아닌, 목욕할 때마다 어떤 감탄이 일어나는 어떤 생생한 자취를 갖게 되었던 것 같다. 나는 물 위에 떠서 푸른 심연을 바라본다. 깊이가 깊을수록 나는 물에 빠진다는 느낌보다는 내 몸이 더 잘 떠오른다는 것을 느낀다…….

걷는다는 행위, 산책을 하기 위해 집을 나서는 행위는 걸을 줄 알게 되었던 그 기적을 다시 일으키지는 않는다. (어떤 은 총의 시간, 또는 오랜 투병 후 다시 일어서서 밖으로 나간다는 것이 놀랍게 느껴지는 때를 제외하고는.) 아마도 그래서 걸음걸이에 대한 글이나 소설에서 등장인물의 걷는 방식에 대한 묘사가 늘 내 주의를 끌었던가 보다. 걷는다는 것은 지극히 자연스런 평범한 행동이지만, 그것은 일종의 정복이며 우리가 그렇게 걸으면서 탐험하는 것은 살아가는 방식을 증축하는 것이다. 선사시대의 그림들을 발견했을 때처럼 현재엔 잊어버린 하나의 기억을, 예를 들어 말을 배울 때처럼 우리가 어떤 지식을 습득하기 시작한 그 최초의 시간을 상기시키는 모든 것은 매혹적이다. 그렇기에 외국어를 배우는 것은 언제나 강렬한 체험이다. 외국어는 낯선 것들을 가져다 준다. 새로운 친구들, 책들, 도시, 한 국가 전체. 그러나 한편으로는 그것이 다시 생생하게 살려내는 혼란스럽고 어두운 면도 있다. 어떤 향상의 기미도 비치지 않고 결국 말을 더듬더듬 할 수밖에 없다고 생각될 때 느껴지는 음색의 현기증, 자신의 뜻을 밝히지 못하는 답답함과 좌절.

독일 철학자 카를 고틀로프 슐레는 《산책하는 기술》에서 지혜와 이상적인 사교성을 내세운다. 대중 철학을 주장하는 슐레는, 인류가 인간의 일상적인 욕구와 그 존재의 한계와는 너무나 동떨어진 추상적인 문제들을 심화하고 문제를 제기하는데 그토록 많은 지적인 에너지를 소모하고 있는 반면에, 세밀한 것에 관해서는 어떤 지적인 호기심이나 철학적인 관심도 보이지 않는다는 사실에 놀라워한다. 마치 가장 중요한 철학적 문제들은 시간표나 식사·수면·고독·공동체·육체적 정신적 조화의 문제와는 아무런 관련이 없는 것처럼, 마치 우선적으로 하루하루를 더 잘 지내도록 하는 것에는(밤을 위한 결과들을 내포한다), 추상적인 공상 속에 빠지기 전에 우선 순위의 일을 결정하는 데에는 절대로 지성이 쓰여서는 안 되는 것처럼 철학이 전개되어 왔다는 것이다. 그러니 그런 철학은 별을 쳐다보다가 구덩이 속에 빠졌다는 어느 철학자에 대한 유명한 우화를 떠올리게 한다. 그러나 우리는 정말 하늘과 땅, 추상적인 것과 구체적인 것, 정신과 육체, 철학과 세상 사이에서 선택을 해야 하는 걸까? 사색적이고 창조적인 가능성의 절정으로서 사는 법에 철저하게 관심을 기울이는 것은, 학파와 전통이 인위적으로 갈라 놓은 것을 융합시키면서 우리로 하여금 가장 방대한 탐험을 할 수 있게 해주는 힘이 아닐까? 우리가 땅에 대해서도 역시 훌륭한 전문가라고 확신한다면, 다리를 부러뜨리지 않고도 하늘과 성좌를 살펴볼 수 있다. 장애물들을 더 잘 피할 수 있도록 별들의 안내를 받으며 길을 갈 수도 있다. 하늘과 땅 사이에서 춤을 추듯 걸으며, 공중에서 유연하게 움직이는 줄타기 곡예사의 기술을 본받아야 한다.

니체가 《차라투스트라는 이렇게 말했다》의 첫장에서, 줄을 타며 위태롭게 춤을 추는 곡예사의 우화를 들려 주는 것은 다 이유가 있는 것이다……. 그러나 그것은 산책하는 사람은 땅에서 발을 떼지 않는다고 생각하는 슐레의 윤리적이고 건강에 좋은 이야기 이상을 내포하고 있다. "경험된 질서에 따라서 노력과 휴식, 진지함과 유희, 일과 쾌락이 교차하는 완성된 사는 법 속에는 산책도 그 자리를 차지한다." 슐레는 산책을 찬양하면서 육체적인 혜택(육체의 운동은 생명에 필요하다)과 동시에 지적인 가치를 위해서 이 활동을 최고로 친다. 방이라는 공간 밖에서 정신은 조직적이고 엄격한 성찰에서 해방되고, 비로소 명상이 시작된다. 명상의 흐름은 우리의 눈앞에 펼쳐지는 장관의 변덕을 따른다. "산책을 하는 동안 정신의 관심이 강요되어서는 안 된다. 더욱이 단순한 유희여서도 안 된다. 정신에 의한 연구에 얽매이기보다는 사물들을 깊이 있게 그 자체로 보아야 한다." 산책자는 자연 현상을 사랑하는 사람이며 일정치 않은 관심을 보인다. 명확한 목적 없이 되는 대로 몽상을 통해 세부적인, 단편적인, 혹은 파노라마 같은 전경의 이미지들을 떠올린다. 꿈을 꾸면서 동시에 사색을 한다. 이와 같은 기쁨을 누리기 위해서는 산책 장소를 잘 선택하는 것이 중요하다. 서로 잘 알고 지내는 작은 마을에서는 이러한 '자유로운 유희'에 빠져드는 것이 불가능하다. 마주치는 사람마다 자신의 과거와 관련이 되어 있어서 어쩔 수 없이 자신의 문제로 이끌리기 때문이다. 반면에 대도시는 미리 예측할 수 없는 것이 너무도 쉽게 불쑥 떠오른다. 그리고 설령 그곳이 자신이 태어난 도시라 하더라도 일생의 모든 시간이 그 도시를 평범하게 만들지는 못한다. 우리는 끊임없이 그 도시를 발견해 나간다. 그렇지만 대도시는 슐레의 갈망에는 충분치 못하다. 늘 문젯거리가 많은 대도시는 우리의 생각의 흐름을 지나치게 독재적인 방식으로 억제한다. '자연의 장대함과 자유는 도시의 굴레로 인한 비속한 우발성들을 해방시키기' 때문에 대도시에는 자연이 필요하다. 그런데 어떤 자연인가? 우리가 인도자의 충고를 따른다면 극단은 피할 것이다. 밋밋한 풍경은 감각을 소멸시키고 수면 속에 빠지게 만드는 반면에, 산의 화려한 전망은 지나치게 인상적이다. 물론 그 전망은 우리를 일깨우지만 지나친 흥분 상태로 밀어낸다. 그리고 흥분과 고뇌 사이에서 영혼은 더 이상 한순간의 평온함도 갖지 못한다. 그렇다고 폭포에서 몸을 식히기 위해 산 정상에서 멀어지는 것은 더욱 나쁜 일이다.

"……늘 영혼을 짓누르면서 그렇게 마음의 자유를 구속하는 어마어마한 물살 때문이다." 슐레는 장엄함을 경계한다. "누가 알프스 산맥 한가운데에서만 산책을 하고 싶어할까?"라고 그는 의문을 던진다. 자연의 장엄함에 놀라 심장이 두근거리지 않도록 하기 위해서는, '전적으로 우리 자신'이기를 바라는 욕망 속에서 자연이 그것의 위력으로(바로 우리가 자주 다니는 거리에서 친숙한 얼굴들이 끊임없이 우리 곁을 떠나지 않고 괴롭히는 것처럼) 우리를 끊임없이 괴롭히지 않도록 하기 위해서는 어디로 발걸음을 옮겨야 할까? 슐레는 '세상의 다른 사람들로부터 보호되는' 느낌을 주는 계곡의 포근함을 우리에게 추천한다. 요컨대 이상적인 자연은 사람이 너무 많지도 않고 끝이 보이지 않는 거대한 정원이라는 것이다. 그것이 에덴이다.

산책이 진정으로 자유로우려면 그 자체로 투명해야 한다, 일종의 순수의 상태로. "산책하는 사람이 가져야 할 첫번째 조건은 순박한 마음이다." 모든 것을 잊고 현재의 순수한 의식 속에서 즐겁게 거닐 뿐이다. 슐레의 말에 의하면, 산책하는 기술은 영혼의 자질을 목표로 한다. 그리고 그는 어떤 평온한 무심에 이르기 위한 지침들을 들려 준다. 걸으면서 절대로 책을 읽지 말 것, 육체적으로 피로를 가중시키는 산책(육체는 정신의 도약을 해치는 무거움을 갖고 있다)을 하지 말 것. 피로는 부정적인 것으로 우리에게서 아침 산책을 빼앗는다. "육체와 정신에 가장 유리한 것은 여름날 좋은 아침의 산책이다. 심하게 피로하게 하지만 않는다면."

고독이라는 문제에 대해서, 그는 더 이상 열정적으로 마음을 쓰지 않는다. 그가 고독한 산책을 높이 평가하는 것은, 산책이 본질적으로 자기 자신과 이야기를 나누고 그 대화 속에서 '자기 자신에게 스스로 놀라는' 한 방법이라고 생각하기 때문이다. 그러나 그 놀라움이 우리를 질겁하게 해서는 안 되기 때문에 이따금 친구와 동반할 수도 있다……. "산책을 하는 것은 자유로운 기쁨이요, 그 어떠한 구속과도 공존하지 않는다"라고 슐레는 쓰고 있다. 그러나 분명 그는 산책의 자유가 잠재적으로 무제한성을 내포하고 있다는 사실을 너무나 잘 알고 있기 때문에 경계표를 세우고, 나름대로 질서를 세우려고 노력한다. 장 자크 루소를 읽었던 슐레는 세상의 구경거리를 그저 가볍게 스치고 지나가면서, 그저 그 다채로운 광채 정도에 그친 그의 무능력을 비난한다. 그는 루소의 폭력적인 기질, 그에게 산책에 대한 사랑을 함양시켰던 급진적인 반사회성과 고독에 대한 탐닉을 비난한다. 슐레는 루소에게서 보여지는 정신착란적인 지나친 탐닉을 비난하고 있는 것이다. 루소는 너무도 신중하기 때문에 미치고 마는 것이다. 그리하여 결국 그는 자신의 산책 기술을 정신병원의 방안에서 실행시킬 수밖에 없을 것이다. 아무 탈없이 이성의 길을 빌려야 하는, 근심 없이 알고 있는 지표들로부터 이탈해 멀리 공기가 보다 신선한 곳까지 성큼성큼 걸어가는 열광자들과는 달리, 신중함으로 보다 중요한 산책 기술을 잃게 되는 한.

《고독한 산책자의 몽상》이라는 멋진 제목에서 말하듯, 그리고 루소가 이 놀라운 독백의 첫줄에서부터(다른 장들 중에서도 이 첫장이 인상적인 것은, 매혹적인 음악성을 곁들여 그를 갉아먹고 있는 편집광을 매혹적으로 만들면서 우리로 하여금 그의 강박관념의 원 안으로 들어가 그를 사로잡고 있는 섬나라 근성의 몽상을 공유하도록 만든다는 점이다) 단언하듯, 그에게 있어 진정한 산책이란 고독한 것이다. 사회 속에 닻을 내린 실존 속의 고독의 여분으로서가 아니라 고칠 수 없는 만성적인 고독한 상태에 대한 자각으로서이다. 그러나 이상하게도 루소가 '가장 사교적이고 가장 사랑스러운 인간인' 자신을 대단히 불공평하게 덮치고 있는 그 고독의 절망을 전개시키려 집착하면 할수록, 우리는 지치지 않는 도보자의 리듬에 맞추어 어떤 절대적인 고독이 배가되는 기쁨의 이면이 더욱 높아지고 있는 것을 느끼며, 사실 다른 사람들에게 의지하지 않고 그들로부터 해방되어 그 지점에 있다는 것은 기막힌 행복이라는 사실을 더욱 잘 이해하게 된다. 파리 사람들의 모임, 살롱에서 나누는 대화가 귀가 멍멍해질 정도로 울리는 방의 음향, 백과전서파들의 전투적 태도, 책들에서 나는 먼지로부터의 해방. "나의 최고의 쾌락은 무엇보다도 내 책들을 언제나 상자에 잘 넣어두고 책상을 갖지 않는 것이었다. (……) 슬픈 쓸모없는 서류들과 책더미 대신에 나는 내 방을 꽃과 건초로 가득 채우곤 했다." '자기 자신을 얽어맨' 루소는 '소중한 무위안일'에 열중한다. "그것은 내가 만끽하고자 했던 향락들 중 그 첫번째 것이자 가장 소중했던 것으로, 방안에 있는 동안 나는 무위의 모든 감미로움을 맛보았다"라고 그는 썼다. 루소의 고독에는 처방이 없다. 고독 그 자체를 원했기 때문이고, 고독이야말로 그의 천재성에 반하는 철학적이고 전략적인 틀에서 벗어나기 위한 해결책이기 때문이다. 그의 천재성은 그가 알아내도록 되어 있는 그 놀라움들을 공포와 황홀 속에서 철두철미하게 알아내도록 허용하지 않았을 테니까. (니체가 서른네 살에 바젤대학의 교수직을 포기하고 유랑생활을 시작했을 때와 같은 방법으로. 그는 분명 질병으로 어쩔 수 없이 유랑을 떠난 것이지만, 보다 심오하게는 자유로운 사색을 위한 방편으로 자기 자신을 향한 여정에 없어서는 안 될 병의 치유를 위해서이다.) 자기애의 대가이며, 온갖 형태의 무책임의 달인인 루소는 언제나 자신의 행복을 제대로 알고 있었다. 그리고 그런 기이한 자유 의식의 시금석인 그 은밀한 지식으로 인해, 미완으로 남은 그의 유작 《고독한 산책자의 몽상》이 사방에 빛을 발하는 것이다. (루소는 그 기이한 자유에 대해서 한번도 고백한 일이 없는데, 그것은 그 자신의 체계 속에서는 그가 오히려 희생자의 역할을 차지하고 있기 때문이다.) 돌아갈 생각 없이 발을 내딛는 산책의 수법으로……

그저 단호히 발을 떼기만 하면 된다. 자신의 생각 속에 빠져 주위에서 조심하라고 소리치는 이들의 말에 귀를 막은 채 앞으로 곧장 걸어가면 된다. 그렇게 해서 그의 창조력이 위대한 국면으로 성숙되는 파리를 달아나기 훨씬 전에 루소는 우선 제네바로부터 벗어났다. 그는 빈약한 연구들과 그를 사랑하지 않았던 사람들의 위선적인 애정을 뒤로 했다. 아니면 오히려 제네바가 그를 내쫓았는지도 모른다. 그는 결심할 것이 아무것도 없었다. 다시 돌아가고 싶었지만 도시의 문은 닫혀 있었다. 그러니 가던 길을 계속 가는 수밖에는 도리가 없었다. 여기서 문제가 되는 것은 산책보다는 전진의 철학이다. 산책자는 돌아온다. 그러나 일단 발을 내디딘 보행자는 돌아갈 수가 없다. 그의 에너지, 그의 머리로 올라가는 취기에는 멈추지 않는 위험과 욕망이 따른다. 말하지 않고도, 아마도 굳이 눈여겨보지 않아도 그는 자신이 살던 동네의 거리를 떠나고, 공원의 공기를 들이마시며 변두리의 마지막 집들을 지나쳤을 것이다. 그는 산책자의 고른 호흡, 벤치에 앉아서 취하는 휴식, 너그러운 시선을 몰랐다. 그는 방랑하는 사람들의 열병, 순례자들의 신앙에 사로잡혔다. 그는 돌아오지 않는 여행을 떠났다. 그래서 루소의 열렬한 신봉자인 미국 작가 헨리 데이비드 소로는 《산책》에서 이렇게 쓸 수 있었다. "우리의 탐험들은 순회일 뿐이고, 밤이면 우리가 떠났던 낡은 난롯가로 돌아온다. 산책의 절반은 단순히 되돌아오는 데에 있다. 아마도 우리는 불멸의 모험 정신으로 가장 짧은 산책을 하기 위해서, 돌아오지 않기 위해서 떠나야 하는지도 모른다. 만일 당신이 부모나 형제자매, 그리고 아내와 아이들과 친구들을 떠나 다시는 그들을 보지 않을 준비가 되어 있다면, 당신이 부채를 갚고 유언을 작성하고 소지품들을 정리해 놓았다면, 그리고 당신이 자유로운 인간이라면, 그렇다면 그런 당신은 걸어갈 준비가 되어 있는 것이다."

루소와 소로에 의하면, 산책자는 누군가와 함께 걷지 않는다. 토마스 베른하르트의 소설들 속에서 거니는 사람들처럼, 그 산책자는 반대 방향을 택하여 '반대로' 걷는다. 그의 보행의 기술은 몸을 의지할 곳 없는 고독한 정신이나 건강을 생각하는 정신에 속하지 않는다. 그것은 독립, 불복종을 선언하는 행위이다. 소로는 비록 발길이 어디로 데려갈지 모르는 불명확성을 가장하는 것으로 시작하긴 했지만, 언제나 서쪽을 향해——

격심함을 향해 ——가게 된다. 아직은 존재하지 않는 것을 향해. 유럽의 도시적인 풍경과 문화, 코드화된 지성, 분석적인 세련됨을 등지고. 그는 낯선 것에 그대로 이끌린다. 그리고 만일 그가 전진하고 있는 세상이 결코 그가 생각했던 만큼 거칠지 않다면, 그것은 그가 정신적인 무정부 상태와 교신하여 그런 세상을 원했기 때문이다. 기꺼이 황무지에 남겨진 그 자신의 일부와 함께, 즉 '유용한 지식의 전파를 위한 사회'와는 반대로 '유용한 무지의 전파를 위한 사회'를 선택한 자신의 일부와 함께.

글쓰기, 여행하기: 동양의 플로베르

　이러한 단절된 출발, 사막을 향한 행군——반항의 몸짓처럼 전개되는 부정적인 입문 여행——과 반대로 풍부한 경험과 추억으로 돌아오길 바라는 긍정적이고 형체를 부여하는 입문 여행이 있다. 그런 여행을 위해서, 글을 쓰면서 여행을 하는 것은 다리에서 손으로 그리고 그 반대로 끊임없이 오르내리며, 일종의 활발한 낙천주의 속에서 서로를 보완하고 서로를 유발시킬 것을 전제하는 이상적인 두 행동이다. 세상을 보고 두루 돌아다니고자 하는 열망이 마치 계속되는 글쓰기에 대한 욕망, 은유적인 이동, 마음을 끄는 이미지, 매혹된 현기증의 확장에 불과한 것처럼. 이미지와 신기루 사이에서 자연의 지평과 같은 언어의 지평은 환멸을 느낀 접근만을 허용할 것이다. 그러나 그 환멸에서 집필 여행자로서의 활기를 되찾고, 지쳤지만 다시 힘을 보강하여 언제나 걷는 사람과 글을 쓰는 사람의 끈기로 함양된 그 도달할 수 없는 에너지를 재장전할 것이다. (여행을 시작하자마자 도처에서 글을 쓰는 사람들이 보인다. 대기실에서,

기차에서, 카페에서, 물가에서…… 여인숙의 개머루나무의 푸른 그림자 밑에서 그들은 개머루의 푸른 그림자를, 그 여인숙을 원고지에 적는다. 여급이 테이블에 술잔을 내려놓아도 그들은 눈을 들지 않는다. 이미 본 것에 몰두하여 글을 쓰느라 현재의 것을 볼 수 없다.)

그렇지만 이렇게 열정적인 옮겨쓰기에는 기분 전환의 완벽한 충족이 있다. 미완된 노트들, 끝나지 않는 길. 종말의 부재는 원하는 곳에서 멈출 수 있게 해주지만, 한편으로는 더욱 은밀하게 시작하고 계속해서 앞으로 나아갈 수 있게 해주기도 한다. 전진하는 것과 탈선하는 것. 우리에게 알려 줄 사람은 아무도 없다. 객관적인 표준 시계는 없다. 모든 것이 단어들과 시각 사이라는 이러한 고독한 흥분 속에서 지나간다. 쉬지 않고 여유롭게 빈 페이지를 가득 메우고, 다시 세상을 살피고 다시 빈 종이를 메우고 다시 세상을 보는 것이다. 여행은 우리를 작가로 만든다. 여행을 하는 작가의 경우, 그는 특별한 휴가의 상태, 일시적이나 얽매이지 않는 상태에 들어간다. 언뜻 보기에는 그것을 허비하는 것 같다 해도, 그는 자신의 미래의 작업 재료들을 더욱 잘 모으느라 골몰한 것뿐이다. 플로베르가 동양을 여행할 때 적은 서신을 통하여 명확하게 볼 수 있는 것은 섬세하고 심사숙고된 경제 활동이다. '이국적인 색'은 친숙한 요소나 유럽적인 요소가 전혀 섞여 있지 않은 만큼 더욱 순수한, 귀중한 양식으로 인정된다. 자신의 것은 유보한 채 그 이국의 모든 것에 동화된다.

여행자는 정신적으로, 그리고 육감적으로 고국으로 가져갈 생생한 경치들의 컬렉션을 구축한다. 그는 서슴지 않고 그 경치들 속에 자신의 모습을 보탤 수도 있지만, 그것은 간단한 포즈(피라미드 발치의 실루엣, 낙타 위에 높이 올라앉아 있거나 거대한 거북 위로 다리를 벌리고 서 있는 생각하는 주체)를 위해서, 자신이 그곳에 있었다는 것을 알리기 위해서, 혹은 그럼으로써 이국 정취를 더욱 생생하게 드러내기 위해서가 아니다. 불가능한 개인적인 동화에 따라 연구된 결과들이다. 그래서 이미지가 여행객을 에워싸면서 그의 정체성을 흔들려 할 때 놀라움·호기심·감탄은 우수를 자아내는 것이다. 금지된 교접의 우울증……. 플로베르는 루이 부예에게 이렇게 쓰고 있다. "1850년 3월 13일, 시엔 너머 48킬로미터 지점, 우리 돛단배 가장자리에서. (……) 생각해 보게, 친구. 마른 잿빛 진흙으로 지어진 약 4피트 높이의 집들과 함께 굽어 있는 대여섯 개의 거리들을. 문가에는 여자들이 서 있거나 돗자리 위에 앉아 있다네. 흑인 여자들은 푸른 하늘빛 치마를 입고 있고, 다른 여자들은 노란색·흰색·빨간색 옷을 입고 있지. (……) 그 모든 것과 향료의 냄새. 그리고 그들의 목에는 값진 금목걸이가 걸려 있어서, 여자들이 움직일 때마다 그 목걸이가 짐수레처럼 덜그럭거린다네. 그 여자들은 느릿느릿한 음성으로 사람들을 유혹하지, '카와쟈, 카와쟈' 하고. 그들의 흰 치아는 붉고 검은

입술 밑에서 빛난다네. 주석 같은 그들의 눈은 굴러가는 바퀴처럼 구르지. (……) 그 위에 햇빛을 놓게. 나는 일부러 단호하게 그 여자들과 관계를 갖지 않았네. 그 경치의 우수를 지키고, 그것을 내 안에서 더욱 심화시키기 위해서였지. 그래서 나는 감탄을 속으로 간직한 채 그곳을 떠났다네. 사람들을 유혹하던 그 여자들보다 더 아름다운 것은 없다네. 내가 만일 관계를 가졌다면, 그 이미지 위에 다른 이미지가 생겼을 테고 그 화려함을 약화시켰겠지."

이 이야기는 나에게 또 다른 이야기 하나를 떠올린다. 결국은 같은 이야기이지만. 그 이미지는 내 마음속에 순수하게 남아서 어떤 것과도 비교할 수 없다. 나는 봄베이의 창녀촌을 거닌다. 방이 없어서 어떤 여자들은 거리에 쳐놓은 커튼 뒤에서 사랑을 나눈다. 나는 창문에 기대어 있는 한 젊은 여자와 눈길이 마주친다. 그 여자는 내가 미처 그녀를 보기도 전에 내 얼굴에 썩은 망고 열매를 던진다. 그 여자가 나에게 뭐라고 소리쳤던 것도 같다. 그러나 나는 듣지 않았다. 우수를 간직하기 위해서.

여행자는 화려한 부류이든 누추한 부류이든 반드시 어떤 이미지를 가지고 돌아온다. 그것은 바로 그들이 돌아오기 때문이다. 외국에서 여행을 하는 동안 만들어진 그 수많은 이야기들이 언제나 활기를 띠고 다시 말해지는 것은 집으로 돌아와서이다. 여행은 단 한 가지 목적을 가지고 있다. 바로 돌아오는 것이다. 디드로가 소피 볼랑에게 보낸 편지의 다음 구절에서 증언하듯이, 떠나기 전의 여행의 시제는 미래완료시제 속에서 비현실적으로 실현된다. "내가 돌아가 있을 때는 가능한 한 가장 아름다운 여행을 한 뒤일 것입니다."(상트페테르부르크에서, 1773년 12월 29일) 파리에서 그가 아직 고향 땅을 떠나지 않았을 때, 플로베르는 자신의 어머니에게 이렇게 썼다. "저는 어머니께 아름다운 여행 이야기를 들려 드릴 겁니다. 우리는 난롯가에서 사막에 대해 잡담을 나눌 겁니다. 저는 어머니께 텐트 속에서 보낸 밤들, 땡볕 아래에서 달린 이야기들을 들려 드릴 겁니다……. 우리는 이렇게 이야기하겠죠. '아! 헤어질 때 우리가 얼마나 슬퍼했는지 기억나!' 그리고 우리는 떠날 때 가슴 아파했던 일을 떠올리며 서로 포옹하겠지요."(1849년 10월 27일) 나는 여행을 하겠지만 다시 여기로 돌아온다는 점을 강조하는 것이다. 나중에 와서 모든 것을 추억으로 함께 이야기하자는 것은, 여행을 떠나지만 자신은 반드시 여기로 다시 돌아온다는 사실을 밝히는 것이다. 그것은 그 여행과 그 여행 계획을 과거 속에 가두고, 다른 곳에 대한 유혹을 공유한 추억으로 약화시키는 현재 또는 현존이라는 절대성이다. 여행은 개개인을 작가로 만든다. "안녕, 편지 쓸게요. 많은 얘기 써 보낼게요." 편지나 엽서를 보내어 끝없이 상대방을 안심시키면서 서로 떨어져 있다는 지리적인 간격을 메우려 한다. 떨어져 있다는 것이 그리 심각한 일이 아니라고, 외국에 있다 해서 고

국을 잊고 있는 것은 아니라고 끊임없이 주입시킨다.

   1849년 11월부터 1851년 봄까지 이어진 플로베르의 여행은,
그가 자신의 어머니에게 보낸 편지들을 통해 그 여정을 살펴
볼 수 있다. 그의 어머니는 여행이 끝나가던 해인 1851년에 베
네치아로 가 플로베르를 만난다. 그 편지들은 우선적으로 이
미 딸의 초상을 치른 그의 어머니를 위해 아들이 자신의 곁에
있는 것처럼 계속 생각할 수 있도록 돕기 위해서 씌어졌다. 말
하자면 여행한 나라들은 부차적인 셈이다. 그것들은 편지의 감
정적인 기능보다 결코 우세하지 않은 일화적인 요소들일 뿐이
다. "아, 가엾은 어머니! 제가 이 편지와 함께 어머니에게 부
쳐질 수 있다면, 그렇게 해서 애정어린 긴 시선을 보낼 수 있
다면 얼마나 좋을까요." 편지의 말들은 소중한 존재를 불완전
하게 대신한다. 서신은 대체 또는 이동이라는 이중적인 기능
을 수행한다. 여행자는 자신이 쓴 단어를 대신하여 자신이 떠
난 장소로 가 여행으로부터 오는 단절감을 없애 주길 바란다.
한편 떠나지 않은 수신자는 자신의 온갖 상상력을 동원하여
여행자의 위치로 가려고 할 것이다. 플로베르는 충고를 되풀
이한다. 그는 어머니에게 루브르로 가서 아시리아인들의 부조
상(浮彫像)들을 보라고 독려한다. "제가 같은 것을 보고 있을
거라고 생각하면 기쁘실 거예요. 가엾은 어머니, 제가 길을 떠

날 때면 제 입장에 놓여 있다고 생각하세요. 제가 볼 아름다운 것들, 제가 내지를 모든 탄성들을 생각하세요." 그리고 여행자의 입장에서는 세상을 경험하는 것보다는, 떠나기 전에 몽상을 연장시키고 꿈을 꾸게 할 내용들을 선별하는 것이 더 중요하다. 그래서 빛에 대한 묘사가 본질적인 것이다. 빛은 몽상의 요소이다. 빛은 어떤 저항에도 맞서지 않고 꿰뚫는다. "나는 동양을 꿰뚫어보았다. 아니 차라리 바다 위로 녹아든 거대한 은색빛 속에서 보았다"라고 플로베르는 알렉산드리아에 도착해서 쓰고 있다. 그의 여행은 무형물 속으로의 진행이다. 나아가면 나아갈수록 플로베르는 발견하는 것이 아니라 되찾는다는 느낌을 받는다. 가능한 모든 이국 정취를 탐색하던 그 기나긴 시간 동안에 그가 알게 된 것은 권태와 무관심에 대한 것이다. (햇볕에 탄 살갗, 그 지역 의상으로의 변장, 남색의 시도와 같은 이국 정취들. "우리의 교육과 정부가 맡긴 임무를 위해 여행을 하면서, 우리는 우리의 의무가 우리를 그 빛의 방사 형식으로 인도하는 것이라고 생각했네"라고 그는 이번에는 어머니가 아닌 친구 루이 부예에게 쓰고 있다.) 그리고 플로베르는 그렇게 체계적으로 차이들을 경험하고 가장 이상하고 낯선 공간들을 돌아다니느라 바쁜 와중에도, 현실적으로 그에게 닥쳐오는 유일한 것은 시간임을 인식한다. 그 일주 여행을 끝내면서 플로베르는 단지 그가 늙었다는 사실을 확인한다. (레이몽 크노의 작품 속에서 자지가 24시간 후에 다시 출발점인 리옹역에 있을 때처럼.) 플로베르식의 아이러니로 말하면, 이것은 '기존 관념들에 대한 사전'의 정의를 내린다. 여행자는 언제나 '불굴의 의지'를 지닌다. "그러므로 당신은 신사이기 이전에 불굴의 의지를 가진 여행자이다."

보다, 만지다: 랭보의 도피

랭보의 여행은 플로베르와는 다른 식이었다. 그의 도피는 어머니에 대한 또 다른 상 때문에 이루어진 것이다. 그 어머니의 모습에 대해서 우리는 다음과 같은 이야기를 알고 있다. 연이은 초상, 부부의 원한으로 몸도 마음도 늙어 버린 랭보 부인은 앞서 죽은 자신의 두 아이들 비탈리와 아르튀르 사이에 준비되어 있는 자신의 무덤을 미리 돌아보게 된다. 어둠의 수여자이자 치명적인 어머니인 그녀는, 랭보가 이 항구에서 저 항구로 도망다니게 만들었던 장본인이었다. 랭보로서는 어머니가 있는 집으로 돌아간다는 것은 바로 죽음을 의미하는 것이었다. "문이라고 말하는 50평방센티미터 입구의 돌을 고정시키기 전에, 관을 막 지나치면서 나는 할 일이 더 남아 있는지를 보기 위하여 그곳을 다시 한 번 둘러보고 싶었단다. 일꾼들은 나를 깊숙한 지하 매장터까지 아주 조심스럽게 내려다 주었어. 어떤 사람들은 나의 어깨를 잡아 주었고, 나머지 사람들은 발을 잡아 주었지. 모든 것이 괜찮더구나. 십자가와 회

양목을 놓게 한 것이 그때였어. 지하 매장터를 나가는 것은 더 어려웠단다. 대단히 깊거든. 하지만 그 사람들은 대단히 솜씨가 좋아서 나를 아주 잘 꺼내 주었단다. 조금 힘들긴 했지만." (딸 이자벨에게 보낸 편지, 1900년 6월 1일) 랭보 부인이 느꼈듯이, 지하 매장터를 나가는 것이 문제였다. 대단히 솜씨 좋은 인부들이 없으면 어려운 일이다…….

이 장례 예배 장면은 몽환적인 논리의 거부할 수 없으면서도 일정치 않은 설명에 따라, 랭보와 그 어머니가 주고받은 서신에 드러나는 말해지지 않는 차가운 슬픔에 완벽하게 도입된다. 그들은 서로가 서로에게 어떤 기쁨도, 심지어 어떤 음성도 전혀 전하지 않는다. 아들이 죽은 지 한참 만에 랭보 부인이 그 일을 두고 대단한 감정을, 설명할 수 없는 행복을 느끼는 일이 일어났다. 교회에서 그녀가 '가엾은 아르튀르'로 착각할 뻔했던 한 젊은 남자를 보았을 때이다. 그는 한쪽 다리가 없는 대단히 독실한 신자였다. 그녀는 우선 그의 목발을 눈여겨 본다. 랭보의 철새와도 같은 도피는 1870년 9월 어머니 집에서의 첫번째 탈주로 시작된다. 그 일을 두고 그의 어머니는 이렇게 썼다. "경찰은 그 애가 어디로 갔는지 알기 위해서 추리를 하고 있지만, 나는 이 편지를 받기 전에 이 이상한 아이가 다시 체포될까 봐 두렵다. 그러나 그 애는 더 이상 돌아올 필요가 없을 것이다. 왜냐하면 나는 맹세코 평생을 두고 그 애를 다시는 받아들이지 않을 테니까." 랭보는 여행자가 아니라 오히려 탈주자였다. 요컨대 그의 다양한 탐험은 도피와 위법 행위 속에서 이루어진 것이다. 먼 이국 정취의 경치들에 감탄할 수 있는 여행은 아니지만, 적어도 도피함으로써 더 이상 체포될 위험 없이 쉴 수 있는 것이다. 여행이 귀환이라는 안전 장치를 가지고 있는 반면, 도피는 어떤 귀환도 불허하는 단절을 의미한다. 도피는 가이드도 통역자도 없이 오로지 번민만이 활발하게 살아 있는 여행이다.

지방에서 파리까지, 그리고 영국·벨기에·네덜란드·독일 등으로 이어지는 랭보의 방랑은 우선 프랑스 근처에서 전개되다가 결국은 아프리카와 아랍까지 이어진다. 그에게 있어 집으로 돌아간다는 것은 자신의 여행이 실패했음을 의미했다. 가족이 있는 집은 언제나 몹시 불쾌한 곳인 동시에 도저히 피할 수 없는 중심이었다. 병들고 수척해져서 어쩔 수 없이 그곳에 돌아간 그는, 또다시 느껴지는 냉담함과 죽음의 기운에 다시 떠날 것을 결의한다. "나는 죽는다. 나는 부패된다. 진부함 속에서, 악의 속에서, 음울함 속에서."(1870년 11월, 랭보가 그의 교수인 G. 이장바르에게) 그러나 어머니의 집을 기점으로 한 이러한 왕래는, 나중에 랭보가 아프리카로 떠나면서 끝나게 된다.

1878년 11월 17일, 이집트로의 첫 여행을 위해 막 배를 타면서, 그는 그가 쓴 편지 중 가장 길고 가장 묘사적인 편지를 썼다. 유럽에서 마지막으로 쓴 편지이자, 사실상 하나의 '횡단'(생 고타르 산의 횡단)을 말하고 있는 이 편지는 그의 최후의 집필 흔적이다. 대단히 생생하고 암시적인 이 편지가 명확하게, 심지어는 물리적으로 보여 주고 있는 것은 시계(視界)의 완전한 부재, 여행자의 보행에 닥치는 분간할 수 없는 불투명성이다.

"보아라! 우리가 이 엄청난 사물들에 둘러싸여 있음에도, 그 어디에도 어둠은 없다. 더 이상 길도, 낭떠러지도, 협곡도, 하늘도 없다. 생각하고, 만지고, 보고, 또는 보지 못하는 흰빛 외에는 아무것도 없다. 우리가 오솔길을 제대로 가고 있는 것인지 분간할 수 없게 만드는 저 흰빛으로부터 눈을 뗀다는 것은 불가능하므로. 세차게 불어오는 삭풍에 코를 들 수 없으므로 얼어 버린 눈썹과 콧수염을, 얼어 버린 귀를, 부푼 목을. 우리 자신인 어둠이 없이는, 길을 따라 이어지는 전신주 없이는, 우리 또한 화덕 속에 던져진 참새처럼 어찌할 바를 모를 것이다."

생 고타르 산의 횡단 너머로 눈보라가 구현하는 세상의 무자비한 소멸 작용은, 한결같이 부정적인 묘사들로 점철된 랭보식의 계속되는 모든 여행들에도 확장된다. 마치 낯선 나라로의 전진이 우리가 더 이상 보지 않는 그 모든 것의 무한한 시계를 우선적으로 드러내 주는 것처럼. 키프로스에서 그는 이렇게 쓰고 있다. "이곳에는 바위들과 강과 바다의 카오스뿐이다. 이곳에는 집 한 채뿐이다. 땅도, 정원도, 나무 한 그루도 없다. 여름에는 엄청난 열기가 있다." 그리고 보다 먼 아덴에 대해서는 "아덴은 무시무시한 바위이다. 풀 한 포기도, 쓸 만한 물 한 방울도 없다. 우리는 증류된 바닷물을 마신다." 또는 "풀 한 포기 없는 화산의 바닥이다." 아니면 또 "당신은 이곳을 전혀 상상치 못할 것이다. 이곳에는 나무 한 그루도 없다. 심지어 말라붙은 나무조차도 없다. 풀 한 포기 없고, 땅 한 뙈기, 달콤한 물 한 방울 없다. 아덴은 불이 꺼지고 모래와 바다로 메워진 화산의 분화구이다. 그래서 그곳에서는 가장 빈약한 야채 정도도 키울 수 없는 용암과 모래 외에는 아무것도 보이지도 만져지지도 않는다"라고 썼다. 랭보가 잡지사에 보낸 몇몇 지리학적인 보고서들에는, 이 철저히 배타적인 묘사들 외에도 보다 긍정적인 설명들을 볼 수 있다. 지면, 고도의 수치, 물의 흐름의 수치와 방대함, 계절의 분할, 종족들의 명칭, 그들의 신들의 명칭, 그들의 양들과 맹수들의 명칭······.

눈과 모래. 알프스 산맥과 아라비아 사막이 서로 합쳐지면서 물이 없는 지역을 이루어 낸다. 여행에 따른 물자의 부족중 가장 일차적인 것은 달콤한 물이다. (생 고타르 산의 오르막에 있는 휴게소에서 염수 한 사발에 1프랑 50상팀을 지불한다고 랭보는 말한다.)

갈증과 땀. 여행을 한다는 것이 단순한 구경이 아니라 탐험되는 나라와의 격렬한 맞겨룸으로 이루어질 때. 단순한 이미지들의 수집이 아닌 육체의 시련. 보고, 만지는 것은 따라서 분리될 수 없다. 생생한 묘사의 부재는 무관심이나 무감각의 태도를 가리키는 것이 아니라(여행 끝에서 플로베르가 인식했던 태도), 낯선 것과의 적극적인 접촉으로 가능한 경험의 심화를 가리킨다. 여기서 만들어진 시각은 선택의 차이, 동기 없이 사로잡힌 시선을 모른다. 그 시각은 냉혹하고 황량하고 '필수적'이다. 그 시각은 본질적인 것, 그것이 없다면 우리는 정말로 쇠퇴하고 마는 어떤 것에 집착한다. 랭보가 자신의 누이에게 받아쓰도록 해서 마르세유의 해운회사 사장에게 보낸 마지막 편지는, 다음과 같은 문장으로 끝이 난다. "나는 완전히 무력해졌습니다. 그래서 나는 일찌감치 승선하고 싶습니다." 떠난다는 것, 그것이 조금씩 죽는 것이라면 죽는다는 것, 그것은 결국 그곳에 남는 것이다.

불굴의 여행자: 이자벨 에버하르트

'다시 태어나다'는, 이자벨 에버하르트가 북아프리카를 다시 찾을 때마다 하는 말이다. 그리고 그녀가 1899년 여름 동안에 살았던(당시 그녀는 스물두 살이었다) 튀니스의 변두리에 있는 대저택의 모습에서 미스터리에 둘러싸인 채 위험에 사로잡힌 기분을 새로이 느낄 때마다 하는 말이기도 하다. 그 집은 "각각 다른 층에 있는 방과 복도들이 아주 신비스럽고 복잡하게 꾸며졌다. 다양한 색채로 된 도자기와 가장자리를 꼼꼼하게 세공한 석고상들로 장식이 되어 있다……." 그 젊은 여인은 그곳에서 늙은 무어인 하녀와 '데달'이라는 이름의 검둥개 한 마리를 데리고 살았다. 그녀는 낮에는 방안의 어슴푸레한 빛 속에서 꿈을 꾸고, 밤에는 베두인족으로 변장한 채 미로 같은 골목길을 떠돌아다녔다. 그녀는 회교도 묘지들 속에서 산책을 하고, 걸인들과 창녀들 틈에서 항구의 거리를 배회했다. 5년 동안, 범람한 강에 휩쓸려 익사해 죽기 전까지(혹은 살해되었는지도 모르지만 증거 없이 가설로 남았다), 이자벨 에버하르트는 결코 어떠한 장애물 앞에서도 뒤로 물러서는 법 없이 사막을 향해 보다 멀리 나아갔다. 거의 신비주의에 가까운 영웅적인 과감성으로 그녀는 스캔들, 질병, 비참함, 난폭한 테러와 맞섰다. 결코 가장 혹독했던 순간에조차도, 그녀는 그녀를 자극하는 확신을 바꾸지 않았다. 그녀는 험한 여행, 유목생활, 대담한 모험을 위해 태어난 여자였다. 그녀는 그곳에서 자신의 소명을 확신했다. 그녀는 자신의 글 속에 장대한 구성의 이야기를 담는 것이 아니라 순간들, 선택된 순간들을 그대로 옮겨 놓는다. 그 순간들은 기본적으로 아프리카에서 태양이 작열하다가 붉게 물드는 시간인 '석양의 화려한 풍경들'이다. 그리고 '아름다운 별밤'들의 시간이다. 이자벨 에버하르트는 그녀의 소박하리만큼 단순한 행동으로 양탄자를 펼치고, 그 위에 눕는다 ——거리에서, 카페의 뒷방에서, 안뜰에서, 사막 한가운데에서, 모래 파도를 만드는 그 기이한 모래 바다 한가운데에서…… "…… 천천히, 살며시, 나는 지키는 사람 하나 없이 문을 활짝 열어 놓은 오두막집의 고요 속에서 잠을 청한다. 바깥의 어둠을 향해 활짝 열려 있는 안뜰에서 잠을 잔다……." 또는 "……우리는 커다란 석류나무 아래에서 아주 감미로운 잠을 잔다. 이미 중천에 떠 있는 햇살의 눈부심 속에서……." 그리고 그녀에게는 '잠에서 깨어나는' 순간들조차 감미롭다. "나는 유목생활의 낯익은 풍경들 속에서 깨어날 때마다 늘 나에게 수반되는 자유와 평화·행복의 달콤한 감정을 느끼곤 했다." 그리고 "돗자리 위에서 짧은 달밤을 보낸 후에는, 나는 언제나 달콤한 느낌으로 행복하게 잠에서 깨어나곤 했다. 밖에서, 드넓은 하늘 아래에서 잠을 잤을 때, 다시 길을 떠나려고 할 때면 언제나 나를 사로잡는 느낌이었다." 그리고 그녀의 글을 읽으면서, 우리는 그녀에게 그만큼의 고통도 함께 치르게 했던 그 순간들이 지나친 대가를 치른 것은 아니었고, 그녀는 어쩌면 깨어나는 특별한 행복을 위해서 그 모든 위험들을 무릅썼는지도 모른다고 생각하게 된다……

마르세유에서의 체류에 대하여 이자벨 에버하르트는 이렇게 적고 있다. "나는 장소나 상황에 따라 선택한 어색한 옷차림으로 여행하는 것을 좋아한다. (……) 유럽의 젊은 여성다운 차림새였다면, 나는 결코 아무것도 보지 못했을 것이다. 그렇게 했다면 세상은 나에게 닫혀 있었을 것이다. 바깥 생활은 남자를 위해 만들어진 것이지 여자를 위해 만들어진 것 같지 않기 때문이다." 남장을 함으로써 이자벨 에버하르트는 어떤 틀에 박힌 성격 안에도 갇히지 않았다. "남자 옷과 어색한 신분으로, 나는 그렇게 무나스티르 행정관직의 천막촌 속에서 안내인인 시 엘라르비를 동반하고 야영을 하곤 했다. 그 젊은 남자는 내가 여자이리라고는 추호도 의심치 않았다. 그는 나를 마무드 형제라고 불렀고, 나는 2개월 동안 그와 함께 여행했다." 그녀는 그러니까 프랑스의 대학에서 도피해 온 젊은 터키 청년 '시 마무드 사디'였다……. 게다가 그녀는 다른 신분들로도 위장하여 창부집에서 밤을 지새우기도 하고, 외인부대 병사들과 함께 여러 카페에서 술을 마시기도 했다. '베카르에서의 귀환'이라는 카페에서, '남쪽의 별'이라는, '병사의 어머니'라는, '피귀그의 오아시스'라는 카페에서······.

  망명과 자유가 같은 것에 지나지 않는다고 생각한 이자벨 에버하르트에게는 위험에 대한 열정이 있었다. 그녀는 삼가루·하시시·아편, 그리고 머나먼 곳에 도취되곤 했다. 물론 그 분량은 결코 충분치 않았다. 강가에 있는 여러 바에서 기 드보르는 격렬한 취기 이상의 '시간의 흐름에 대한 진정한 취향'을 발견한다. 이자벨 에버하르트 역시 '그 무한한 지속'을 알기 위해 사막의 나라에 깊이 몰두한다. 한 여행자의 내면의 여정은 결코 헤아릴 수 없다······.

관광의 허망함

관광은 플로베르의 이국 정취에 대한 탐색(훨씬 더 방대한 규모로 이상적인 산책의 재미있고 마음 놓이는 모델을 만들어 낸)이나, 랭보나 이자벨 에버하르트의 도피(돌아가지 않겠다는 결심에서 루소와 소로의 보행의 열정과 일직선상에 놓여 있는)와 마찬가지로 여행을 한다는 것이 위험을 안고 미지의 다른 곳으로 이르는 것이던 어떤 시대로 거슬러 올라간다. 그 시대는 위고 프라트가 그의 만화에서 자신의 등장인물 코르토 말티즈를 '생생히 살아 있는' 옛날의 여행자로 훌륭히 구현시키기 위해 선택한 시대이기도 하다. 코르토 말티즈, 몸놀림이 재빠른 선원이자 남쪽 바다의 방랑자, 언어의 해독자, 파렴치한 모험가, 종잡을 수 없는 몽상가, "어디로 가나?"라는 질문에 그저 "발길 닿는 대로 멀리……"라고 대답하는 남자. 당시는 여행이 계속되는 노동 속에서 재생산을 위한 휴식처럼 바캉스 계획으로 구상되지 않았던 때였다. 여행은 '생계를 잇기 위한 직업'으로서 그의 지성과 관련하여 생각되었다. 단지 한 계절, 한 여름에 매여 있지 않고 삶의 한 연령, 젊음과 결부되었다. 여행은 내적인 필요에 부응하였다. 그때는 아직 관광 산업과, 외양은 평화롭지만 실은 위험하기 그지없는 제국주의로 때묻지 않은 19세기였기 때문이다. 제국주의는 같은 움직임으로 여행자와 토착민, 방문객과 주인 모두를 소멸시킨다. 이미 알려진 것을 통해 낯선 땅에 발을 딛는 사건으로, 이미 본 것 또는 이미 틀에 짜여진 것에 의해 여행자의 굶주린 듯한 눈으로 바삐 찾아다니는 것으로 대체되기 때문이다. 20세기의 지배적인 한 현상인 관광의 승리는 여행을 무참히 싱겁게 만들었다. 발견해야 할 풍경과 여행자가 자유로이 써야 할 시간을 미리 치밀하게 구분하여 계획으로 짜낸다. 예를 들어 베네치아를 어떻게 하면 하루 만에 다 보는가 하는 식의······.

관광은 절망적인 세계의 완전한 실현이다. 이 온건한 지옥은 마구 찍어대는 사진기 속에 세상의 아무 부분이나, 아무 활동이나, 아무 몸짓이나 포함시킨다. 마라케시의 염색업자들, 센 강변의 중고 책장수들, 티티카카 호수에서 골풀로 끈을 짜는 직공들, 바라나시의 갠지스 강가에서 장작더미에 불을 지펴 시체들을 태우는 인도 사람들 어느 누구도 피할 수 없다. 그리고 돌아다니는 관광객들의 무리를 피했다고 해도 어느 새 그들이 자신들의 나라로 가져갈 굳어진 추억들에 삽입되고 만다. 내가 니스에서 소카 맛을 보고 있는 동안 일본인 관광객 무리가 멈추어 서서 내 사진을 찍고는 즐거워하는 것처럼.

기도 체로네티는 《이탈리아 여행》 속에서 자신의 나라와 동시에 여행 개념에 대한 구원 기도에 몰입한다. 그는 자신이 지나치는 추한 잡동사니들 가운데에서 아직 훼손되지 않은 아름다운 몇 가지 요소들을 뽑아내려 한다. 그는 시칠리아에 도착해서 이렇게 기록하고 있다. "그러나 타오르미나에서는 아무 희망 없이 있을 수밖에 없다. 그곳은 대단히 고약한 관광의 마법이 현실과의 모든 관계를 억누르고 있다. '관광' 속에는 인생도 죽음도 존재하지 않는다. 행복도 고통도 없다. 무엇인가의 현재가 아닌 돈의 지불로 인한 모든 것의 박탈인 관광만이 있을 뿐이다. 관광객들은 덧없는 존재들이고, 그들과 함께 상인들, 숙박업자들, 관광단체들, 먹고 마시는 것, 작은 교회에서의 미사 또한 덧없다. (……) 피라미드 속에서처럼 어리석음 속에 갇혀 매몰된 것처럼 느껴지고, 그 속에서 잊혀진 채 아무도 자신을 꺼내 주지 않을지 모른다는 두려움이 느껴지기 때문에 관광 지옥은 최악의 것이다. 그리고 타오르미나는 접근하기 곤란하게 폐쇄되어 그것이 공포를 가중시키고 있다. 나는 이제 다시는 여기서 빠져 나갈 수 없는 걸까? 여러 날, 여러 해, 여러 세기 동안 《타임스》지나 《펠트》지·《가디언》지, 우표와 우편엽서를 사기 위해서, 아이스크림을 먹기 위해서, 유리창 속에 있는 라켓이나 산악용 신발을 구경하기 위해서, 취리히에 꽃을 보내기 위해서, 어리석은 친구들에게 '그 천국의 가장 멋진 추억'을 적어보내기 위해서 호텔을 나서게 될 것인가?"

기도 체로네티의 여정은 긴 분노와 짧은 환희의 교차로 변조된다. 그 여정은 자신을 위해서만 가치가 있기 때문에 경이롭다. 미로 같고, 시적이고, 몽상적이고, 탈선적이며, 발길을 돌려 헤아릴 수 없이 많은 우회를 하다가 고풍스럽고 유명한 관광 장소나 도시나 사회 활동, 혹은 경제의 흐름과도 동떨어져 있는 가장 예기치 못한 버려진 장소에서 휴식을 취한다. 그런 장소에는 뭔가가 멈추어 분리되어 있다. 저자는 이제는 거미줄, 낡은 빗자루, 야생화들만이 살고 있는 노인들의 양로원, 정신병자들의 보호소, 아무도 살지 않는 텅 빈 마을들을 유독 좋아한다. 뤼크에 있는 한 수용소를 방문한 기도 체로네티는, 그곳에 구금되어 있는 약물 중독자들에 대해 '그들은 그들 광기의 고아들'이라는 멋진 표현을 한다. 이 표현은 그 수용소에 수용되어 있는 사람들에게만 적용되는 것이 아니라 우리 모두에게도 해당된다. 이 책이 좋은 지침서가 될 수 있는 까닭은 우리 모두에게 있는 광기를 복원시키고, 약간 정신이 나간 혹은 단순히 현대의 것이 아닌 그 잃어버린 부분을 복원시킨다는 정신적인 의미에서이다. 방황의 형태를 띤 그 여행의 목적은 '심오한 느낌을 주는 흐름'·'무한에 대한 전율'을 다시 만나는 데에 있다. 그러한 이유로 기도 체로네티는 우리를 짓누르는 두 재앙인 시간의 도둑들과 침묵의 도둑들을 통렬히 비난하고 있다. 그 두 재앙은 함께 결탁하여 우리를 '정신적인 시체'의 상태로 몰아넣고 있다.

그러한 재앙들은 시간 죽이지 않고, 조금의 여유도 없이, 일률적으로 매순간들을 틀에 짜 리듬이 생겨날 잠시의 침묵도 없이 여행한 대가이다. 사람들은 불감증의 상태에서 한결같은 탐욕을 가지고 같은 속도로 모든 것을 소비한다. 전형적인 음식들·음악·그림·카날레토·마카로니·비발디·과르디를 쑤셔넣는다.

"우습군요. 그렇게 생각지 않습니까? 이 그림들은 우리가 밖에서 보는 것과 아주 똑같아 보이는군요. 밖에서 보나 안에서 보나, 옛날이나 지금이나 아무런 차이가 없어요"라고 내 옆에서 까레초니코 박물관 관람객이 말했다. 사실이다. 모든 것이 비슷해 보인다. 우리가 더 있다는 사실 외에는. 그런데 자세히 관찰해 보면 그후로 사라진 장면들과 몸짓들이 보인다. 곤돌라[이탈리아 베네치아의 명물인 길고 좁은 배]를 밀기 위해 허리 깊이까지 물 속으로 들어가는 이 남자를 보라. 이제는 더 이상 그런 모습을 볼 수 없다. 대운하 속으로 잠수하는 젊은 청년들도 볼 수 없다. 그 장면은 19세기초에 있었던 모습이다. 당시는 바이런이 베네치아에서 살던 때로, 그는 간결하게 이렇게 말했다. "베네치아는 내가 기대했던 만큼 내 마음에 들었다. 그리고 나는 여전히 뭔가를 더 기대하고 있다." 그는 그곳에서 학업과 방탕한 생활을 영위하였다. 그는 리도 해변에서 수영을 하고, 말을 타고, 파티를 계속해서 열었다. 하룻밤은 친구의 송별 파티를 위해, 베네치아의 가수들을 고용해 타소의 시 《클로렝드의 죽음》을 노래하게 했다.

관광은 문화적인 소생이라는 집중적인 서비스를 약속한다. 헛되이. 눈썹 하나 꿈쩍 않는다. 가슴이 두근거리지도 않는다. 여행자가 여행을 떠나오기 몇 개월 전, 지하철 안에서 홈리스 협회에서 나온 두 명의 연금 모금자들 사이에서 읽던 신문에서 눈을 들어 우연히 역의 벽에 붙은 현란한 광고를 응시했을 때, 그때는 심장이 더 세차게 뛰었을까? 글쎄…… 그 광고는 그에게 자유에 대한 슬로건을 무질서하게 제공하고 있었다. 몰타·말라가·아마메트·터키·시칠리아·모리스 섬·과달루페·마요르카·텔아비브·가나·그리스('태양왕이 선정한 휴가의 천국')·이집트……. 그는 매혹되었다. 피로와 쇠약감을 느끼고 있었으니까. 그는 그곳에서 다시 사물에 눈을 뜨고, 다양한 장소를 여행하기를 꿈꾸었다. 파리에 처음 정착했을 때처럼. 그러나 누가 알랴? 정말로 새롭게 눈을 뜨고, 활력이 샘솟을지, 그리고 돌아올 때쯤 그 활력이 자신의 도시에서 살아가는 방법에까지 확장될지. 어쩌면…….

조직된 여행의 굴레에 포로가 되지 않아도 누군가가 당신에게 가이드를 해주며 따라다닐 때면 그와 똑같은 질식감, 한 장소를 내면화하고 인식하고 스스로 움직이지 못하는 데에서 오는 무력감을 느낀다. 그 사람 덕분에 당신은 길을 잃지 않고 '중요한 것'은 하나도 놓치지 않는다. 사람들은 그로 인해 더욱 기분 좋게 그곳에서 머무를 수 있고, 훌륭한 결과를 가져올 것이라고 이야기한다. (당신은 휴가에서 돌아가는 길에 '잘 지내셨습니까?' 라는 질문을 받으면 그렇다고 이야기할 수 있을 것이다.) 그러나 슬그머니 스며드는 엉큼한 권태에 당신은 사실 아무 일도 일어나지 않았다는 사실을 알게 된다. 왜냐하면 그곳은 그의 장소이고, 그 가이드가 당신에게 강요하는 방문은 어느 면에서도 당신을 닮지 않았고 그와도 닮지 않았기 때문이다. 그것은 짜여진 여정이고, 가이드는 자신이 가지고 있는 친밀한 경험과 여행객의 낯선 호기심을 절충시키면서 스쳐가는 방문객들을 도울 뿐이다. 그러니 결국 그것은 어느 누구의 여정도 아니다……. 언젠가 나는 대단히 친절한 가이드의 지배력에서 벗어나기 위한 핑계거리로 가상의 친구를 만들어 내게 되었다. 그렇게 해서 관광 차원에서는 아무짝에도 쓸모없는 여담을 만들어 냈다. 그럼으로써 내가 큰 기쁨을 느끼게 되자, 그 친구는 점점 더 발작적이고 까다로운 모습을 나타낸다. 나는 그 가상의 친구에게 어떤 신분을, 어떤 이야기를 만들어 주었다. 여행이 끝날 무렵 나는 거의 한시도 내 친구를 떠나지 않게 되었고, 그 가이드를 다시 만날 때는 그와 함께 롤라(자신의 고독을 지키기 위한 허구적인 여자 친구에 대한 거짓말은 보다 흔한, 존재를 숨기는 실제 여자 친구에 대한 거짓말과는 반대이다!)의 문제에 대해서 의논하기 위해서였다. 여행에 할 수 없이 끌려갈 때나, 누군가가 우리에게 한 나라를 보여 주기 위해서 모든 것을 세심하게 계획할 때, 그런 자아 부재의 감정을 심각하게 느끼게 된다.

콜레트는 우리에게 이런 이야기를 들려 준다. 어느 날 오후 그녀는 한 젊은 여자의 방문을 받는데, 그 여자는 바깥에 있는 니켈 도금을 한 자신의 자동차를 가리키며 이렇게 말한다. "내일 아침에 당신을 태우러 올게요! 7시에 준비하고 날 기다리세요. 정각 12시에 B에서 점심을 먹어요. 4시에는 C에서 간식을 먹구요. 그리고 만일 7시 30분에 우리가 D에서 아페리티프를 앞에 놓고 앉아 있지 않는다면, 내 혀에 가시가 돋칠 거예요!" 그러자 콜레트는 그 초대를 거절한다. "다시 말하지만, 당신은 완벽해요. 그래서 나는 당신과 함께 여행하지 않겠어요." 그녀는 그 여자에게 여지를 남겨둔다. 그녀는 숲, 개울, 분홍색 디기탈리스 꽃, 솔 냄새들을 간직하고 있다. "그 모든 것이 내 것이다. 그리고 시골의 다양하고 쉽게 다가갈 수 있는 적막을 당신은 듣지 못한다. 아무것도 당신을 길에서 멈추게 하지 못하기 때문이다. 나비의 비행을 뚫고 지나가는 당신을……."

"세상이 당신을 따라간다"고 최초의 핸드폰 광고는 말하고 있다. "공중에서 지상과 연락을 계속한다"라고, 또 다른 제트

폰 광고는 말한다. 그 광고들은 정확하게 겨냥한다. 사람들은 그들의 입장에서 세상에, 그들의 세상에 밀착되어 떨어질 수 없다. 탯줄, 눈에 보이건 보이지 않건 사람들은 전화선을 놓지 않는다. 기도 체로네티는 그런 모습을 다음과 같이 역겹다는 듯 묘사한다. "매주 토요일 밤이면 우리가 처한 부조리에 관한, 비참함에 대한 생각이 든다. 무시무시한 험구로 수화기를 먹어치우면서 말들을 내뱉어 내는 사람들로 인해 어두워진 공중 전화 부스 속의 유리를 통해. 그들은 마치 식인종처럼 그 수화기에 이어 먼 곳에서 그들에게 이야기하고 있는 수화기 너머의 상대방까지도 먹어치우면서 그를 더욱 잘 소유하려는 듯, 자신의 힘을 과시하려는 듯(특히 어린아이들과 사랑하는 여자들에게!) 큰 소리로 바보 같은 말들, 하찮은 소식들, 어리석은 논쟁들을 내뱉는다. 그리고 마침내 그들이 나올 때면 정말 '지독한 저녁 식사' 후에 입가를 닦고, 오래 끈 교미 끝에 수면 위에 떠오르는 것 같은 표정을 짓는다. 입 속에서 어물대는 백치 같은 말들에 아직도 입가에 미소를 머금은 채……"

　내가 어느 작은 포도밭 근처에 앉아서 관찰했던 토르첼로의 이 관광객은 먼저 식사를 하기를 선호했지만, 그것으로는 충분치 않았다. 그가 레스토랑에서 나온다. 한 손으로는 핸드폰으로 어머니에게 전화를 걸고 있고, 다른 한손으로는 아내와 아이들의 사진을 찍고 있다. "전 어느 작은 섬에 와 있어요. 지금 레스토랑에서 나가는 중이에요. 이제 커다란 배를 타려고 해요." 그가 그렇게 소리지른다. "네, 엄마, 날씨는 좋아요. 아주 좋아요." 소리를 지르는 바람에 그는 갑자기 화가 치솟는다. 그는 대번에 분노를 느낀다. 그리고 멀리에 있는 그의 어머니가 대답하지 않자, 그는 전화기를 흔들더니 자신의 아내에게 내민다. "당신이 얘기해." 그의 어머니의 침묵을 그로서는 참을 수 없다. 그는 다시 말한다. "인사해. 아무 말이나 해. 심술이 나신 것 같아." 그러나 그의 아내는 사진 찍을 포즈를 취하느라고 움직이지 않는다.

여행객도 관광객도 아닌 모험가

뒤쪽으로 로캉다 치프리아니의 입구가 보인다. 나는 그 앞을 지나칠 때마다 헤밍웨이를 태웠던 이야기를 들려 준 어느 곤돌라 사공을 떠올린다. "그는 그것이 행복이라며 취해 있었어요. 제가 그분을 매일 밤 모셔다 드렸죠. 그분은 해리의 바에서 술을 마셨어요. 하지만 저와 함께 한 잔 더하시는 것을 좋아하셨죠. 정자 아래에서……

——저는 헤밍웨이가 겨울이나, 오리 사냥을 하기 위해서 가을에만 베네치아에 오고, 또 베네치아에 와서는 그리티 호텔에 묵는다고 생각했어요.

——언제나 비슷했어요. 그분은 그런 식으로 존경을 보여도 신경 쓰지 않는 신사분이었어요……"

헤밍웨이는 곤돌라 바닥에서 죽도록 술에 취해 잠이 들 수 있는 그런 사람이었지만, 적어도 별을 쳐다보다가 발을 헛디디지는 않았다. 그가 스페인이며 이탈리아·쿠바 등 자신이 거주할 나라들을 선택하기 위해서 길을 안내받는 것도 한결같이 밤의 영롱함, 하늘의 아름다움에서였다. 그리고 내가 헤밍웨이나 헨리 밀러와 같은 미국의 소설가들을 발견했을 때 내 마음을 뒤흔들었던 것은 그들이 쓴 시의 신선함, 그들이 가지고 있는 활력, 특별한 젊음과 마찬가지로 그들의 삶의 방식이었다. 산책자답게 서두르지 않고 마음 내키는 대로 자유롭게, 때로는 쉬어가며 유럽을 일주하는 그들의 무람없는 태도에 깊이 감명받았다.

"내가 살고 싶은 곳이 바로 그런 곳이다……"라고, 롤랑 바르트는 〈알함브라(그라나다)〉(1854-1856)라는 찰스 클리퍼드의 어느 사진에 대한 해설에서 쓰고 있다. 그들도 역시 그렇게 하고 있었다. 그들은 그 집의 소유주를 찾아내어 일정치 않은 어느 기간 동안 그들에게 빌려 달라고 설득하고 있었다. 그들은 새로운 삶을 시작하고 있었다. 파리에서, 프로방스에서, 베네치아에서, 마드리드에서, 일본에서…… 그들은 사랑에 빠지고, 새로운 언어를 배우고, 풍미를 발견하고, 일상의 색다른 연극에 열광하고 있었다. 그 연극은 그들에게 다양한 색조와 다채로움으로 그들이 선택한 장소 중의 마지막 장소를 펼쳐 보이고 있었다. 《파리는 축제다》는, 내가 볼 때 훌륭한 습작 소설의 표본이다. 시작부터 도약하여 삭제된 부분 없이 빠르게 진행되는 습작. 실패에 긍정적인 의미를 부여하는 것을, 고통을 슬기롭게 전도시키는 것을 가르쳐 주지 않는 이야기. 그런 것들을 단번에 몰아내고 속도와 균형, 결정의 시간, 시의 적절한 문제들로 만족하는 이야기. 글쓰기에 착수하여 거리나 카페에 속지 않는 방법.《이동 축제일》이라는 영어 제목에서 그 사실을 말하고 있다. 그 환희는 파리에서 모습을 드러내고 조직되지만 유동성을 가지고 있다. 그것은 그와 함께 이동한다. 예를 들면 헤밍웨이가 늦가을이 되면 '그곳에 가리라'고 생각했던 알프스 산에서, "상큼한 백포도주가 가져다 주는 가벼운 금속성 향취와 함께 밀물의 맛이 강하게 나는 굴들을 먹는 동안 내 혀에는 바다 냄새와 맛있는 감각만이 남고, 그 각각의 껍데기에서 상큼한 즙을 마시고는 포도주의 강렬한 맛을 음미하는 동안 나는 다시금 활력을 느끼며 마음이 행복해지며 계획들을 세우기 시작한다."

헤밍웨이는 집착하지 않고 거나하게 취하는 기술을 우리에게 전해 준다. 우리가 그의 글을 읽으며 열광하는 것은 그의 풍부한 묘사 때문이 아니다. 나는 그가 나를 다른 곳으로 옮겨 주고, 이국 정취에 도취될 수 있게 해주길 바라며 그의 글을 읽지는 않는다. 단지 그의 사례로 인해 효율성의 동기에 지배되고, 자동성의 관성에 의해 지지되는 세계로부터 날아오르기 위해서이다. 나는 꿈을 꾸기 위해서, 나를 둘러싸고 있는 이미지를 보다 화려하고 윤곽이 잘 잡힌 다른 이미지들로 대체시키기 위해서 그의 글을 읽지는 않는다. 나는 어떤 유연성에 동화되기 위해서, 흥분과 권태의 교차를 따르고, 감성이 극히 예민하고 예측이 불가능한 내면의 시계에 따라 체류 기간을 정하며 구속 없이 떠돌아다니는 삶의 어떤 다른 개념을 명백히 인식하기 위해서 그의 글을 읽고 또 읽는다. 헤밍웨이의 문학, 헨리 밀러의 문학은 충동에 의해 결정되고, 유동성 있고 변화무쌍하며 모순되는 열정에 의해 활기를 띠고 교란되는 인생을 제안한다. 혼란스러운 인생, 그러나 비통한 선택의 고통 없이는 돌이킬 수 없는 비극을. 그것은 이동의 기술이고, '떠나야 할 적당한 순간'을 제때에 포착하는 재능이다.

20세기의 방랑하는 미국 작가들보다 훨씬 앞선 그런 기술의 거장은 바로 카사노바이다. 그가 소개하는 것은 국경도 장벽도 없는 유럽에 대한 인식이다. 카사노바의 18세기식 여행이 우리에게 제공하는 것은 한 도시에서 다른 도시로, 한 왕국에서 다른 왕국으로, 이탈리아에서 프랑스로, 파리에서 상트페테르부르크로, 로마에서 이스탄불로 넘어가는 수월함이다. 의사소통 수단(느릿느릿, 익숙하지 않아 피곤한)에 의존하지 않고 출생지에 구속되지 않는 가벼움에 의존하는 용이함. 그의 출생지를 잊은 것도 아니고, 부인하는 것도 아니다. 단지 언제든지 고향의 이름으로 자신을 구속하려는 법의 위력을 인정하지 않으려는 것이다. 카사노바는 늘 자신이 베네치아인이라고 느낀다. 고결한 유희자인 카사노바에게는 베네치아가 편애와 공모를 의미한다. 베네치아는 더할 나위 없는 귀환의 장소이다. 여행자를 가두거나 결정적인 계약의 항구성을 강요하지 않기 때문이다. 카사노바는 언제나 베네치아로 돌아간다. 그곳이 연극의 도시이기 때문이다. "나는 대단한 호기심을 가지고, 나의 색다른 모습에 놀랄 것이 분명한 나를 아는 모든 사람들을 만날 수 있는 산 마르코 광장으로 향했다." 그는 구경거리가 어디에 있는지 알고 싶어서, 사육제의 가면을 다시 쓰고 싶어서, 새로운 변장을 시도해 보고 싶어서 좀이 쑤신다. 글은 자유롭고 모든 즉흥시가 허용된다. 음모는 방해를 포함한다. 베네치아는 끊임없이 헤어진다. 이 상수에 의하면, "나는 아무것도 후회하지 않는 영혼 속의 환희를 안고 떠났다." 출발이 진정한 탈주일 때, 그 환희는 절정에 도달한다. 플롱 감옥에 여러 달 동안 구금된 이후, 카사노바는 새벽녘 극적으로 탈옥한다. 그는 곤돌라를 타고 다시 모험을 떠난다. "나는 그때 내 뒤로 펼쳐져 있는 매우 아름다운 운하를 바라보았다. 단 한 척의 배도 보지 않고, 회구할 수 있는 가장 아름다운 하루를 감상하면서…… 행복에 겨운 그 도망자는 오열을 터뜨린다. 카사노바는 그가 가지고 있던 유일한 의상인, 체포될 당시 입고 있었던 파티복으로 갈아입는다. 날이 밝을 때 그가 눈물로 찬양하는 축제는 바로 그의 자유의 축제이다.

사람들이 자주 강조한(그리고 비평한)《나의 인생 이야기》는, 그 묘사가 정확하고 해박하지 않았다면 우리로 하여금 여행하고 싶은 생각을 갖게 하지 않았을 것이다. 펠리니는 독서를 전화번호부 책을 읽는 것에 비교한다. 그러나 그런 추억들을 사라진 세계를 향해 열린 창문으로서, 지나간 장면들에 대한 노스탤지어 속에서가 아니라 여행의 신호 아래서 경험한 인생의 내레이션처럼 생각한다면, 그 글은 열정의 서술로써 우리를 감동시킨다. 그의 인생을 한 편의 연극과 구분하지 못하고, 그 연극을 예술로 이해하는 열정의 기술로써. 카사노바는 우리의 현재를 보다 강렬하게 만들 수 있도록 현재의 조직을 파괴하게 이끌고, 우리가 온 힘을 다하여 소모, 습관의 무기력한 권력, 그 일상의 마비로부터 달아나도록 이끈다. 카사노바를 읽으면 잠에서 깨어나고 새로운 힘이 솟는다. 그는 그 시대의 협잡꾼으로 자처하는 젊음의 정수이다……. 카사노바는 그가 알고 있는 로마나 베네치아의 전경을 보여 주지 않는다. 오히려 그것보다 낫다. 그는 우리에게 그와 같은 쾌락의 탐욕으로 포석을 다지고자 하는 열정을 준다. 그는 우리가 그저 작은 것에 만족하거나, 음침한 밤과 음울한 아침을 체념하고 받아들이지 않도록 자극한다. "부인, 행운의 여신은 변덕스럽습니다"라고 그는 쓰고 있다. 그가 우리에게 교사하는 것은 그녀를 유혹하는 방법이다. 행운의 여신이라! 눈에 붕대를 두른 여신, 앞을 못 보는 행운의 분배자, 그가 추구하는 것이 바로 그녀이다. 그녀가 개입하는 기적적인 순간에 그가 자신의 자유에 대한 윤리를 어김없이 이행하고, 매일 하루를 그가 출현하기에 이상적인 연극으로 만들고자 하는 것이 바로 그녀를 위해서이다. 그는 한 도시를 떠날 때 멀어져 가고 있는 그곳을 뒤돌아보는 법이 없다. 마차 속에 편안히 자리를 잡고는 자신의 나이에 대해서 곰곰이 생각하고, 자신의 부와 건강에 대해 평가한다. 그는 자신이 앞으로 즐길 수 있는 기회를 가늠한다. 다음 단계의 시나리오를 구상한다. 어떤 때는 낯선 도시에 도착하여 자신을 둘러싼 온갖 이야기를 꾸며내고, 또 어떤 때는 아무렇게나 내버려두기도 한다. 왜냐하면 행운의 여신은 전략적인 정확성, 우리의 가능성에 대한 냉정한 통찰력과 예측할 수도 생각할 수도 없는 막연한 음모 둘 다를 좋아하기 때문이다. 행운의 여신은 편집광적인 쾌락에 빠져 있으나 자신의 충족감이 오락과 표류, 포기의 기술을 내포한다는 사실을 이해한 사람들에게만 행운을 제공한다. (내일에 대한 기약 없이 일시적으로.) 불굴의 개인적인 결단력과 세상과 일련의 상황에 부여된 한계 없는 권력 사이의 일종의 이중적인 유희. 그는 아주 침착하게 이렇게 선언한다. "나는 여자들을 미치도록 사랑했지만 언제나 그들보다는 나의 자유를 더 사랑했다. 내가 그것을 희생할 위험에 처할 때 나 자신을 구한 것은 순전히 우연이었다."

돈 주안은 계획적으로 행동하고, 카사노바는 되는 대로 행동한다. 그는 순전히 강렬함, 감정의 극치, 마음의 충격의 상태에 따라서 생각한다. 심지어 홀로 남거나 얽매이지 않고 관계를 증대시키고자 하는 의지조차도 그의 연극적 성격과 순수성에 속한다——자신의 변덕만을 따르고, 주사위놀이로 운명을 희롱하는 행운의 여신을 위해 얽매이지 않은 상태로 남고자 하는 그의 비밀스럽고 꾸준한 근심에 속한다. 카사노바는 미지의 풍경이 아닌 새로운 상황을 찾아다닌다. 그는 여행자가 아니라 모험가이다. 그 자신의 인생을 천재적으로 연출하는 연출자이다. 카사노바가 자신의 규칙에 반하여 한 연인(무라노 수녀원에 감금되어 있던 대단히 아름다운 M.M.이며, 그녀로서는 정숙함이 일종의 형벌이었다)과 함께 베네치아를 떠나, 그녀와 함께 그의 방랑생활을 공유하려 했던 순간에도 그는 결국 거절했다. "그녀의 운명은 나의 운명과 결부되었지만, 나의 인생은 완전히 다른 숙명에 좌지우지될 것이다……"라고 그는 적고 있다. 그 자신만의 인생의 그림은 그로 인해 뒤죽박죽이 될 테고, 그러는 동안에 운만을 믿고 한 번 모험을 해볼까 하던 번민과 함께 그의 성공의 순간 또한 사라지고 말테니까.

내가 애리조나(별들이 매우 영롱하게 빛나고 너무도 가깝게 느껴져서 언젠가 하룻밤은 나를 두렵게 하기도 했던 곳)에 살면서 그곳에 정착하여 계속해서 내 운을 평가하면 어떨까 하고 생각하고 있을 때, 나는 투손보다는 파리(행복이 다르게 평가되는 곳!)를 선택했다. 수영장 속에서 몽상에 잠기곤 하는 시간인 저녁 6시쯤, 이따금씩 뇌리를 스치던 이미지 때문이었다. 나는 그 정확한 시간, 해가 지는 순간에 늦가을의 안개 속에서 불빛들이 켜지는 파리를 보곤 했다……. 마찬가지로 붉은

색과 금색으로 장정된 《나의 인생 이야기》 책들과 멀리 떨어져 여행을 하던 중에 카사노바를 생각하면 늘 떠오르는 장면은 바로 다음과 같은 것이었다. 그는 잠옷차림으로 넓은 여인숙 방안에 있다. 그에게 저녁 식사가 날라져 온다. 식사는 종달새 열두 마리와 보르도 와인 한 병이다. 그는 다이아몬드 반지에 불빛이 반짝이는 장작불 앞에서 맛있게 식사를 할 채비를 한다. 양탄자 위에는 여행 가방이 펼쳐져 있다. 그의 발치에는 종이들, 책들이 있다. 무더기로 쌓여 있거나 따로따로 나란히 펼쳐진 채, 또는 쓰러질 듯 뒤집어진 채, 카르파초의 그림에서 성 히에로니무스를 둘러싸고 있는 영감을 받은 그 무질서 속에서처럼. 침대 위에는 커튼에 반쯤 가리운 채 멋진 가운이 놓여져 있다. 가운의 주름 사이에서 보석들이 빛난다. 카사노바는 검은 눈으로 그 가운을 흘깃 곁눈질한다. 잠깐 사이에 문이 열리고 한 여인이 모습을 나타낼지도 모른다. 카사노바는 애써 기다리지 않고 기다릴 뿐이다. 그는 어찌되었든 만족한다.

스타일의 문제

카사노바는 지루해하지 않고 상황을 감내하지 않으면서, 언제나 그것을 변화시키고 전복시켜 그의 쾌락에 이용하는 것을 규칙으로 정해 놓았다. 그렇지만 늙으면서 그는 정당한 권리를 가진 모험가임을 자처하던 예외의 그 규칙을 떠나 평범한 운명을 되찾아야 했다. 그에게 부과되는 경제난과 힘의 쇠퇴라는 이중적인 압박하에서 그는 발트슈타인 백작의 환대를 받아들였다, 보헤미아에서……

　그때부터 그는 이따금 프라하를 여행할 때나, 그의 친구인 리뉴의 왕자를 방문할 때 외에는 집에 틀어박혀 생활을 한다. 그러자 그런 단조로움이 그를 쇠약하게 한다. 그는 새로운 것을 찾아 신문이나 뒤적일 수밖에 없는 처지를 비관한다. 그러나 여전히 사건이라면 사족을 못 쓰는 그는 아주 빨리 그 긴 은퇴생활에 활기를 줄 방법을 발견한다. 회상록을 쓰고, 이야기를 통해 처음의 감정을 되살리며 죽을 때까지 자유로운 정신을 찬양한다. 유희자 카사노바는 그렇게 온갖 계획을 세운다. 자신의 인생을 한 편의 연극이나 마술 순회처럼 구상한 후에 그는 거기에서 걸작을 끌어낸다. 그는 그 순간에 모든 것을 걸었다. 그러한 부주의한 체계 위에 그는 수세기를 견뎌낼 건축물을 세운다. 그런 시도가 그의 모든 활력을 빨아들인다. 지난 나날들이 단숨에 그를 스쳐 지나가지만, 그는 그 나날들을 포착하려는 노력으로 긴장하고 그에게 신비의 힘을 주는 글쓰기 속에서 전진한다. 그 늙은 남자는 계속해서 즐긴다. 그가 터뜨리는 불평과 분노에도 불구하고, 카사노바는 전적으로 바리 부인처럼 사형집행관의 동정을 몇 분이라도 더 얻기 위해서는 무슨 일이든지 할 준비가 되어 있는 사람들의 편이다.

어린 시절 베네치아에서 첫걸음을 떼던 순간부터 북부에 있는 그 성에서 죽음의 문턱에 이르기까지, 카사노바는 행복의 경험은 체득하였으나 달관의 철학은 전혀 없었다. 약탈자이자 격렬하고 정열적인 쾌락주의자이며 냉정함이라고는 전혀 없는 카사노바는, 스토아학파의 절제와 에픽테토스의 교육에 대해 우화의 형태로 반박한다. "항해를 하다가 배가 기항했을 때 당신은 도중에 조개 하나와 양파 하나는 모을 수 있지만, 배를 향해 신경을 곤두세운 채 항해사가 당신을 부를 새라 계속해서 몸을 돌려 배를 쳐다보아야 한다. 그러다가 항해사가 부르면 그 모든 것을 내버려두어야 한다. 양들처럼 몸이 묶여 선창가에 내던져지고 싶지 않다면 말이다. 인생에서도 마찬가지이다. 양파나 조개 대신에 당신에게 여자나 아이가 주어진다면 아무것도 장애가 되지 않는다. 그러나 만일 항해사가 부르면 그 모든 것을 뒤에 남겨두고 배로 달려가 뒤도 돌아보지 말아야 한다. 그러다가 늙으면 당신에게는 배에서 조금 멀리까지 가는 것조차도 허용되지 않는다. 소리치는 것을 듣지 못하면 안 되니까."

그러나 반대로 카사노바의 가장 소중한 욕망은 그 부름을 듣지 못하는 것이고, 혹은 항해사가 일이 복잡하고 승선 카드가 너무 많은 통에 그 대신에 다른 사람을 승선시키기를 바라는 것이다.

물론 항해사의 임무는 까다로워서 그가 실수를 하지 않는 것이 놀랄 정도이다. 그는 엄청나게 많은 징역 기피자들을 신경 써야 하기 때문이다. 뛰어 달아나는 그들을 체포해서 결박해야 하는데, 대부분 그들은 늙고 병들었기 때문에 포승까지는 면할 수 있다. 그러나 마찬가지로 예측이 불가능하고 고집스러우며 교활하고 자살할 우려가 있는 미성년자들도 붙잡아야 하는데, 그들의 머릿속에는 마음 내킬 때 적령 전에 입대한다는 생각뿐이다. 그들은 절망하고 짓밟힌 채 도착하나, 그럼에도 불구하고 기묘한 승리감에 사로잡혀 있다.

"자살하기 좋은 이유는 어느 누구에게나 다 있다"고, 파베세는 자살에 대한 생각에 익숙한 사람 특유의 농담조로 이야기한다. 자살이란 때로는 두렵고 때로는 우호적이며, 피할 수 없고 바라던, 돌발적인 만큼 치명적인 동반자라고 생각한다. 변덕스러운 형태로 표현되고, 검은색의 음울한 색계 속에서 가장 병적인 기분에서부터 가장 익살스러운 기분까지 온갖 기분을 다 불러일으키는 생각이다. 줄곧 머리에서 떠나지 않고 우리를 포로로 사로잡은 명령, 또는 우리를 운명으로부터 구해 주어 운명의 주인으로 만들어 주는 양도할 수 없는 최상의 의지 수단이다. 연인 사이에서도 마찬가지로 그 관계를 생생하게 유지하는 것은 언제든지 종지부를 찍을 수 있다는 열린 관점이다. 역시 그와 마찬가지로 자기 자신과의 관계 속에서도 언제나 이 삶을 계속 이어갈지 그만둘지에 대한 이러한 양자택일이 있는 것이다.

"자살을 결심한 사람의 목구멍이나 맥박 속에서는 왜 이런 막연하고 심오한, 근본적인 기쁨이 생겨나는 걸까? 죽음 앞에서는 여전히 살아 있다는 강렬한 의식 외에는 아무것도 더 이상 지속되지 않는다"라고, 파베세는 1938년 2월의 일기에 적고 있다. 《삶이라는 직업》으로 출간된 이 글은, 여러 해에 걸쳐서 더디게 습득되고 경험되는 까다로운 견습의 '직무'와 자살이라는 독특한 제스처 사이의 관계에 대한 강렬한 명상이다. 그 관계가 미묘한 것은 삶에 관하여 우리가 솜씨가 있고, 어쩌면 떠나야 하는 가혹한 순간을 제때에 포착할 줄 아는 재능까지도 가지고 있다는 것을 증명하기 때문이다. 마침내 자살할 생각이 드는 때는 결국 '생명의 보유고'가 고갈되고 쇠퇴함에 따라, 그 생각이 더 이상 '삶을 다짐하는' 활동적이고 긍정적인 역할을 할 수 없을 때이다. 죽음 앞에서 아직도 살아 있다는 놀라운 감정을 더 이상 느끼지 못할 때 그 생각은 필연적이 된다. 그러나 그때는 이미 스스로 목숨을 끊을 기력을 내기에도 너무 늦지 않았을까? 모든 서스펜스는 거기에서 비롯된다. 삶과 죽음을 가르는 경계가 비록 돌이킬 순 없다 해도 무너지기 쉬운 것이라면, 삶과 사는 것이 아닌 삶, 즉 자기 자신에 대한 전적인 집착이나 심사숙고된 계획 또는 정신적·육체적인 열망 없이 그저 기계적으로, 또는 유령같이 삶을 영위할 뿐인 상태를 가르는 경계 또한 마찬가지이다. 그리고 아우슈비츠에 수용되었던 사람들이 살해된 것도 그러한 죽음 앞의 죽음으로부터이다. "그 당시 내 인생에서 내게는 배고픔과 추위를 견딜 힘 외에는 오늘이라는 것이 더 이상 남아 있지 않았다"라고, 프리모 레비는 《만약 이것이 인간이라면》에서 기술하고 있다. 그리고 그는 이렇게 덧붙여 말한다. "나는 이미 나 자신을 죽일 수 있을 정도로 그렇게 살아 있지도 않았다." 결국 그는 1987년 자신의 고향인 토리노에서 자살을 할 수밖에 없었다.

"어떤 죽음이건 더 이상 죽고 싶지 않은 법이다"라고, 파베세는 1950년 1월 1일에 단언한다. 그는 너무 늦긴 했지만 자신이 자살자의 인생 속에 완전히 빠져든 것 같다고 생각했다. 하지만 같은 해 여름 8월 27일에 그는 죽고 싶지 않다는 그 소망을 되찾아 성취한다. 자신의 목숨을 구한 것이다. 그리고 자신의 책에 그랬듯이 자신의 삶에 형태와 의미를 부여하고 하나의 스타일을 각인시킨다.

　당신은 카페에서 어느것으로도 가라앉지 않는 갈증을 달래며 온종일을 보냈다. 그리고 이제 네온사인의 불 꺼진 글자들을 읽어보지도 않고 주저 없이 제일 먼저 나타나는 호텔로 들어간다. 당신은 방 하나를 요구한다. 주인은 당신에게 이렇게 이야기한다. 34호실이 비어 있는데 둘러보시겠습니까? 그럴 필요 없습니다. 그 사람은 당신에게 웃음을 지으며 열쇠를 건네준다. 밖에서는 제비들의 선회 속에서 떠들썩한 밤의 소음 소리가 터져 나온다. 방은 3층에 있다. 당신은 창문을 열고 따뜻한 공기를 들이마신다. 건초 향기가 배어 있는 도시의 공기다. 당신은 지붕과 언덕을 바라본다. 당신은 강을 찾는다. 강은 저기, 아주 가까운 곳에 있다. 그 강은 당신의 눈물 너머로 반짝이고, 당신은 그 나무와 과수원의 풍경을 적신 것이 눈물인지 강물인지 모른다. 그러나 눈물은 갑자기 솟을 때처럼 갑자기 멈추고, 당신은 창에서 등을 돌린다. 그 하얀 방은 청결하고 따스하다. 당신은 반사적으로 그곳에는 글을 읽을 수 있는 어떤 조명도 없다는 사실을 주목한다. 그 방은 다른 방과 별반 다를 것 없는 방이다. 그저 스쳐 지나갈 수밖에 없는 방이다.

인물 약전

고야 Goya, Francisco de (1746~1828) 스페인의 화가. 그의 다양한 유화·소묘·판화는 당대의 격변하는 역사를 반영하고 있으며, 19세기와 20세기 화가들에게 큰 영향을 주었다. 동판화 연작인 〈전쟁의 참화〉(1810-14)는 나폴레옹 침략의 공포를 생생하게 기록하고 있다. 대표작으로는 〈옷을 벗은 하마〉와 〈옷을 입은 하마〉(1800-05경)가 있다.

과르디 Guardi, Francesco (1712~1793) 로코코 시대 베네치아의 뛰어난 풍경화가. 베네치아의 건축물을 사진처럼 깔끔하게 그려낸 카날레토와 대조적으로 그는 많은 작품에서 쇠락해 가는 도시의 인상을 재기 넘치고 낭만적인 필치로 그렸다.

니체 Nietzsche, Friedrich (1844~1900) 19세기 독일의 철학자. 전통적인 서구 종교·도덕·철학에 깔려 있는 근본 동기를 밝히려 했으며, 신학자·철학자·심리학자·시인·소설가·극작가 등에게 깊은 영향을 미쳤다. 계몽주의라는 세속주의의 승리가 가져온 결과를 반성했다. "신은 죽었다"는 그의 주장은 20세기 유럽 지식인의 주요한 구호였다. 민주주의·반(反) 유대주의·힘의 정치 등에 강력히 반대했지만, 뒷날 그의 이름은 그가 혐오했던 파시스트들에게 이용되었다.

뒤라스 Duras, Marguerite (1914~1997) 프랑스의 소설가, 시나리오 작가, 극작가, 영화감독. 《나의 사랑 히로시마》(시나리오 1959)·《인도의 노래》(책 1974, 시나리오 1975) 등으로 국제적 명성을 얻었다. 뒤라스는 등장인물이 거의 없고 구성이 간단하며 대사가 절제된, 전통적인 소설 요소를 배제한 추상적이며 종합적인 작품 양식의 소설을 썼다. 이 때문에 비평가들이나 그 자신이 부인했는데도 누보로망과 관련이 있는 것으로 여겨졌다. 소설 작품으로는 《앙데스마스 씨의 오후》(1962)·《롤 V. 스탱의 환희》(1964)·《그녀는 말했다, 파괴하라고》(1969)·《연인》(1972)·《80년 여름》(1980) 등이 있다. 희곡집으로는 《연극 I》(1965)

과 《연극Ⅱ》가 있다. 희곡《인도의 노래》를 직접 각색하고 감독하여 영화로 만들었는데, 캘커타 주재 프랑스 대사 부인과 그 연인들의 모습을 정적이며 우울한 분위기로 그려낸 것으로, 아름다운 영상미와 편집 기술이 돋보인다.

디드로 Diderot, Denis (1713~1784) 프랑스의 철학자 · 문필가. 무신론 · 유물론에 가까운 입장에 서서 철학 · 문학 등을 비평하였다. 달랑베르와 함께 《백과전서》를 편찬 · 출판하였으며, 작품으로 《자연 해석에 관한 사색》 · 《라모의 조카》 · 《달랑베르의 꿈》 등이 있다.

라르티그 Lartigue, Jacques-Henri (1894~1986) 프랑스의 화가 · 사진가. 소년 시절에 찍기 시작한 자연스럽고 신선하며 즐거운 유머가 엿보이는 사진들로 유명하다. 일상적인 주제를 틀에 얽매이지 않고 자유자재로 찍은 그의 사진들은 사진 기술과 기교보다는 그가 지닌 자유로운 정신과 생에 대한 사랑이 드러난다. 그 사진들은 1960년대 초반에 이르러 마침내 발견되어 알려졌는데, 초창기 사진가들에게서 전형적으로 볼 수 있는 격식 위주의 초상 스타일을 완전히 탈피했다는 이유로 어느 정도 확실한 찬사를 받았다. 제1차 세계대전중에 그가 만든 기록들뿐만 아니라 그의 소년 시절의 사진일기 · 노트 · 그림들은 매우 매력적이며 그의 뛰어난 재능을 보여 준다. 전쟁이 끝난 후, 그림에 취미를 붙여 사진에 대한 관심이 줄기는 했으나 여전히 죽을 때까지 계속해서 사진을 찍었다. 레지옹 도뇌르 훈장을 받았고, 1970년 작품집으로 《100년의 일기》를 냈다. 이밖에 《담배 피우는 여인들》(1980) · 《라르티그의 컬러 사진 1912~1927》(1980) 등의 작품집이 있다.

랭보 Rimbaud, Arthur (1854~1891) 프랑스의 상징파 시인, 모험가. 한때 폴 베를렌과 깊은 관계를 맺은 것으로도 유명하다. 그가 독창성을 최대한 발휘한 작품은 산문시 《일뤼미나시옹》인데, 이 시의 형식은 그의 생략법과 난해한 문체를 연구하기에 가장 적합하다. 그는 선배 시인들과는 달리 산문시에서 일화를 이야기하고 서술하는 내용이나 심지어는 묘사적인 내용까지도 모조리 제거해 버렸고, 낱말에서 사전적 의미나 논리적 내용을 박탈함으로써 상징주의자들이 말하는 이른바

'에타 담'(영혼의 상태)이라는 정신 상태를 불러일으키는 거의 마술적인 힘을 시에 부여했다. 그는 또한 잠재 의식과 어렴풋이 기억하고 있는 어린 시절의 감각 속에 얼마나 풍부한 시의 재료가 숨어 있는가를 보여 주었다. 그의 글은 아직도 문명사회에서 이루어지는 생활의 가장 중요한 본질 자체에 대한 오늘날의 반감과 혐오감을 강렬히 표현하고 있다.

레비 Levi, Primo (1919~1987) 이탈리아계 유대인 작가·화학자. 나치의 집단수용소에서 겪은 삶에 대해 차분하고 감동적인 언어로 쓴 자서전적 소설로 널리 알려져 있다. 처녀작인 《만약 이것이 인간이라면: 아우슈비츠에서의 생존》(1947)은 자신이 목격했던 극악무도한 행위를 분석한, 극단적인 인간성과 초연함을 보여 주는 작품이다. 그뒤에 나온 자전적 소설 《휴전》(1963)·《익사자와 구조자》(1986)에서도 계속해서 자신의 전쟁 경험을 반영했다. 또 《원소의 주기율표》(1975)는 21편으로 된 명상록으로, 물리·화학·도덕 영역 사이의 유추를 통해 화학원소의 이름을 따서 제목을 붙였다. 이것은 그의 작품 중 가장 대중적인 인기를 누렸고, 비평가들에게도 좋은 평가를 받은 작품이다. 그밖에 소설·시·단편 소설 등도 썼다. 그는 자살한 것으로 추정된다.

롤랑 Roland, Jeanne-Marie (1754~1793) 장 마리 롤랑(드 라 플라티에르)의 아내. 프랑스 혁명 때 남편의 정치 활동을 배후에서 조종하여 부르주아 혁명 분파인 온건 지롱드당의 정책에 큰 영향을 미쳤다.

마리 플리퐁은 파리에서 제판공의 딸로 태어났다. 영리하고 교양 있는 그녀는 장 자크 루소를 비롯한 18세기 프랑스 철학자들의 민주주의 사상의 영향을 받았고, 1780년에 롤랑과 결혼했다. 롤랑 부부는 1791년에 파리에 자리잡았으며, 롤랑 부인의 살롱은 곧 자크 브리소가 이끄는 부르주아 민주주의자들(나중에는 지롱드당이라 불렸다)이 모이는 장소가 되었다. 롤랑 부인은 처음에는 급진 민주주의자이며 자코뱅 클럽의 지도자인 로베스피에르와 친하게 지냈으나 1791년말에 그와 멀어졌다. 롤랑 부인은 남편이 1792년 3월 루이 16세의 내무장관이 된 후로 남편의 활동을 조종했으며, 롤랑이 국왕에게 보낸 항

의문 초안을 썼다. 이 문서 때문에 롤랑은 결국 6월 13일에 내무장관 직에서 해임되었다. 그러나 롤랑 부인이 유난히 미워한 사람은 온건 민주주의자 조르주 당통이었다. 1792년 8월 10일에 군주제도가 무너진 뒤 구성된 임시집행위원회에서 남편이 당통의 그림자에 가려 빛을 보지 못했기 때문이다. 그녀는 남편을 부추겨 국민공회에서 로베스피에르와 당통을 공격하도록 함으로써, 이들을 지롱드당에서 소외시키고 자코뱅당과 지롱드당 사이의 틈을 더욱 벌려 놓았다. 그러나 롤랑 부인은 1793년 5월 31일 폭동을 일으킨 자코뱅 당원들에게 체포되었으며, 결국 지롱드당 지도자들도 국민공회에서 쫓겨났다. 그녀는 감옥에 갇혀 있던 5개월 동안 《공정한 후세대에게 보내는 호소》라는 회고록을 썼다. 또한 단두대로 올라가기 직전 "오, 자유여. 그대의 이름으로 얼마나 많은 죄악이 저질러지고 있는가!"라는 유명한 말을 남겼다. 클레망소 자크메르가 쓴 롤랑 부인의 전기가 있으며, 이 책의 영역판인 《롤랑 부인의 생애》가 1930년 출판되었다.

루소 Rousseau, Jean-Jacques (1712~1778) 프랑스의 철학자·교육학자·음악가·음악평론가. 이성의 시대를 끝맺고 낭만주의를 탄생시킨 사상을 전개했다. 그의 개혁 사상은 음악을 비롯한 여러 예술에 혁신을 가져왔고, 사람들의 생활 방식에 큰 영향을 끼쳤으며 자녀에 대한 부모의 교육 방식에도 변화를 일으켰다. 우정과 사랑에서 예의바른 절도보다는 자유로운 감정 표현을 중시했다. 종교를 버린 이들에게는 종교적 감성을 숭배하도록 인도했으며, 누구나 자연의 아름다움에 눈 뜨고 자유를 가장 보편적 동경의 대상으로 여길 것을 역설했다.

마르크스 Marx, Karl (1818~1883) 독일의 사회학자·경제학자·정치이론가. 처음 헤겔 좌파에서 출발하여, 독일 관념론·공상적 사회주의 및 고전경제학의 비판과 함께 과학적 사회주의를 창시하였다. 또한 역사의 유물변증법적 해석으로 프롤레타리아의 역할을 인식하고 이의 해방을 추구하여 계급투쟁의 이론을 수립하였으며, 마르크스주의의 창시자로서 프리드리히 엥겔스와 함께 《공산당 선언》(1848)·《자본론》(1867, 1885, 1894)을 집필했다.

마리 앙투아네트 Marie-Antoinette (1755~1793) 프랑스 루이 16세(1774-93 재위)의 왕비. 경박하고 무분별하고 방탕했으며 개혁에 적대적이었다. 프랑스 혁명과 1792년 8월 왕정 타도로 이어진 민중 소요사태가 일어나도록 자극한 장본인이기도 했다. 신성 로마 제국 황제 프란츠 1세와 마리아 테레지아 사이의 11번째 딸이었으며, 1770년 프랑스 루이 15세의 손자 루이 왕세자와 결혼했다. 루이는 내성적이며 따분한 성격의 무뚝뚝한 남편이었으므로 1774년 루이가 왕위에 오를 무렵 마리 앙투아네트는 자신이 총애하는 경박한 궁정 신하들의 작은 모임에 어울려 사교에 열심이었다. 그녀의 방탕한 궁정비 지출은 1770 · 1780년대에 프랑스가 막대한 부채를 안게 되는 데 한몫을 했다. 또한 더욱 방탕한 궁정 귀족들과 가까이 지냄으로써 그녀에게 적대적인 감정을 가진 사람들은 그녀가 혼외정사를 한다는 등 중상모략적인 소문을 퍼뜨렸다. 이런 비방은 다이아몬드 목걸이 사건(1785-86)의 와중에서 마리가 추기경과 불륜의 관계를 맺고 있다는 부당한 비난을 받았을 때 절정에 달했다. 이 추문으로 왕실의 평판이 떨어졌고, 귀족들은 루이의 대신들이 추진하던 모든 재무개혁에 열렬히 반대하게 되었다.

이런 위기에 처해 마리는 그후의 위기 상황에서처럼 남편보다 더 강인하고 단호한 태도를 보여 주었다. 1789년 7월 14일 군중이 바스티유 감옥을 습격했을 때 루이에게 군대를 데리고 메스로 피신하라고 설득했으나 실패했다. 그러나 그해 8, 9월에는 루이를 부추겨 국민의회가 봉건제도 철폐와 군주의 절대권 제한을 위해 시도하던 일들을 저지하게 했다. 그 결과 그녀는 민중 선동가들의 대표적인 표적이 되었으며, 그들은 그녀가 백성들이 먹을 빵이 없다는 말을 듣자마자 "그럼 케이크를 먹으면 되지 않느냐!"라고 무감각하게 이 유명한 말을 내뱉었다고 몰아붙였다. 1789년 10월 민중들의 압력에 못 이긴 왕실은 베르사유에서 파리로 돌아와 혁명 세력의 인질 신세가 되었다. 6개월 후 마리는 국민의회의 저명한 일원으로 왕정복고를 희망하던 미라보 백작과 비밀리에 서신 왕래를 시작했다. 그러나 그녀는 미라보를 불신하였으므로 루이 왕이 미라보의 충고에 따르지 못하게 했다.

1791년 4월 미라보가 죽은 뒤로는 망명 왕당파들에게 도움을 청했다. 그들은 6월 20일 밤, 왕과 왕비가 파리를 탈출할 수 있도록 주선했으나 이들 부부는 바렌에서 혁명군에게 체포되어 파리로 송환되었다. 그 뒤 그녀는 국민의회 안의 입헌군주파 지도자인 앙투안 바르나브와 비밀 협상을 열어 급속히 약화되고 있는 국왕의 지위를 지탱해 보려고 애썼다. 바르나브는 새로운 헌법을 공개적으로 승인하라고 왕을 설득했다. 그러나 마리 앙투아네트는 오빠인 신성 로마 제국 황제 레오폴트 2세에게 프랑스에 대항해 반혁명 전쟁을 일으켜 줄 것을 몰래 부탁해 바르나브의 입장을 곤란하게 만들었다. 레오폴트 황제는 그녀의 청에 응하지 않았다. 1792년 4월 프랑스가 오스트리아에 선전 포고를 한 뒤, 마리는 오스트리아와 계속 음모를 꾸며 프랑스인들의 분노를 샀다. 왕비에 대한 국민들의 증오심은 1792년 8월 10일 왕정을 타도시킨 반란의 촉진제였다. 그뒤 그녀는 여생을 파리의 감옥에서 보냈다. 루이 16세는 1793년 1월 국민공회의 명령에 따라 처형되었고, 그해 8월 마리는 콩시에르즈리의 독실 감방에 감금되었다가 1793년 10월 14일 혁명재판소에서 재판을 받고 2일 뒤 단두대의 이슬로 사라졌다.

막스 형제 Marx Brothers 미국의 코미디 팀. 연극·영화·라디오에서 30년 동안 인기를 끌었으며, 사회 저명인사들과 조직사회에 대한 재기발랄한 공격으로 유명하다. 원래 5명의 막스 형제와 그들의 어머니 미니는 1904년경 '6인의 뮤지컬 마스코트'라는 대중연예단을 결성했다. 1918년까지 미국의 연극계에서 최고의 흥행을 누렸지만, 거모가 이 연예단을 떠난 뒤로는 '4인의 나이팅게일' 및 '4인의 막스 형제'로 부르게 되었다. 브로드웨이에서의 첫 공연 작품 《그녀라고 말할 거야》(1924)가 엄청난 성공을 거두자 《코코넛》(1925)·《동물 모양의 크래커》(1928)를 공연했다.

몬드리안 Mondrian, Piet (1872~1944) 데 스테일이라고 알려진 추상미술 운동의 대표적인 화가. 그의 작품은 20세기 미술과 건축 및 그래픽 디자인에 큰 영향을 미쳤다. 초기 작품은 당시 유행하던 네덜란드 풍경화 및 정물화 양식을 따랐다. 그는 입체파 양식을 시도한 뒤, 1920

년경 원숙한 '신조형주의' 양식을 개발했다. 이 양식은 직선과 직각, 그리고 검은색과 흰색을 약간 더한 원색의 가장 단순한 조화를 바탕으로 순수하게 객관적으로 리얼리티를 표현하고자 했다.

미쇼 Michaux, Henri (1899~1984) 벨기에 태생 프랑스의 서정시인·화가. 꿈이나 환상, 또는 환각제의 힘을 빌려 드러나는 내면 세계를 묘사했다. 선원이 되어 아시아와 남아메리카를 항해했고, 배를 타지 않을 때는 이따금 파리에서 살았으며, 1922년 완전히 파리에 정착했다. 《나는 누구였는가》(1927)라는 시로 주목을 받았고, 1937년 첫번째 그림 개인전을 열었다. 1941년 앙드레 지드가 쓴 연구서 덕분에 그의 시는 한때 굉장한 인기를 얻었다. 1955년 프랑스 시민이 되었다. 인간 조건에 대한 그의 견해는 우울한 것이었다. 그의 시는 삶이 개인을 침해할 때 그 의미를 이해하기란 불가능하다는 것을 강조한다. 실생활의 공허함과 자신의 풍부한 상상력을 대비시켰고, 그의 초현실주의적 이미지들이 갖는 모순과 존재의 불합리성을 더욱 돋보이게 하는 역할을 했다. 그의 시 가운데 어떤 것은 얼핏 보기에 경박해 보일 만큼 장난스러운 운문 형식을 취하기도 한다. 또 산문시 형태로 주제를 제시한 작품들 가운데 마음에 드는 것을 골라 《내면의 공간》(1944)·《다른 곳에서》(1948)·《주름 속의 삶》(1950)이라는 3권의 선집을 직접 만들었다.

미슐레 Michelet, Jules (1798~1874) 프랑스의 역사가. 기념비적인 저작 《프랑스사》(1833-67)로 잘 알려져 있는 민족주의 역사가로서 개성적인 서술방식으로 과거를 되살림으로써 커다란 극적 힘을 지니는 역사적 종합을 이루었다. 그러나 그뒤 더욱 새롭고 행복한 영감에 사로잡혀 《새》(1856)·《곤충》(1858)·《바다》(1861)·《산》(1868) 등 자연에 관한 몇 권의 책을 펴냈다. 이 책들은 1849년 자신보다 30세 어린 아테나이 미알라레와의 재혼에서 자극받아 쓴 서정적인 작품으로, 최상의 산문작가가 쓸 수 있는 가장 아름다운 문구를 담고 있다. 교훈적인 연애 작품인 《사랑》(1858)과 《여자》(1860)도 같은 영향을 받아 쓴 것이다.

1874년 미슐레가 죽은 뒤 그의 아내는 그의 일기를 정리하였으나 1959년에야 《일기》라는 제목으로 출간되었다. 2권은 1962년 출간되었고,《젊은 날의 기록》이 역시 1959년에 나왔다. 여기에는 미슐레의 유럽 기행과 특히 그의 사람됨을 이해하는 열쇠가 들어 있으며, 개인 경험과 작품의 관계가 밝혀져 있다.

밀러 Miller, Henry (1891~1980) 미국의 작가. 끝없이 자유분방한 예술가이며 성(性)을 솔직하게 표현한 자전적 소설을 발표해 20세기 중반 문학에 자유의 물결을 일으켰다. 자유롭고 쉬운 미국적 문체를 사용하고, 다른 사람들이 숨기는 감정을 기꺼이 인정하며, 선과 악을 함께 받아들임으로써 비롯된 희극적 재능으로도 유명하다. 대표작들이 성을 솔직하게 다루었기 때문에 1960년대까지 영국과 미국에서 출판이 금지되었으나 프랑스에서 복사본이 몰래 들어와 처음부터 널리 퍼졌다.

바그너 Wagner, Richard (1813~1883) 독일의 극음악 작곡가·이론가. 바그너가 오페라 음악을 통해 이룬 혁신은 수많은 사람들에게 영향을 끼쳤고, 그에 대해 부정적인 견해를 갖고 있던 사람들조차 그의 영향에서 벗어날 수 없었다. 주요 작품은 《방황하는 네덜란드인》(1843)·《탄호이저》(1845)·《로엔그린》(1850)·《트리스탄과 이졸데》(1865), 그리고 4부작 《니벨룽겐의 반지》(1869-76) 등이 있다.

바르트 Barthes, Roland (1915~1980) 프랑스의 비평가. 상징과 기호에 관한 정식 연구 분야인 기호론에 큰 공헌을 했다. 1976년 콜레주 드 프랑스에서 처음으로 문학적 기호학 강좌를 맡았다. 파리대학교에서 공부하던 중 폐결핵에 걸려 수 년간 고생했지만 회복기를 이용해 공부를 계속했으며 여러 학교에서 강의를 맡기도 했다. 1939년 고전문학으로 학사학위를 받았고, 1943년에는 문법과 언어학 분야에서도 학위를 받았다. 1952-59년 국립과학연구소에서 일한 뒤 에콜 프라티크의 교수로 임명되었다.

첫번째 책 《글쓰기의 영도(零度)》(1953)는 언어 구조의 자의성에 대해 고찰한 저술이다. 이 책과 《신화학》(1957)·《평론집》(1964)·《에펠탑》(1964) 등에서 부르주아 문화의 상징과 태도를 고찰했다. 그는 많은 평론들을 주로 《텔 켈》·《레트르 누벨》 및 그밖의 주도적인 문학지에 발표했는데, 그의 글들은 때때로 문체가 까다롭긴 해도 일반적으로 자극적이며 도발적인 작품으로 여겨졌다. 또한 알랭 로브 그리예와 나탈리 사로트 같은 작가들이 시도한 '신(新)소설' 또는 반(反)소설에 관해 많은 이론적 토대를 부여하기도 했다. 한편 1960년대에 일어난 구조주의 운동은 지식인들의 모임에서 많은 토론의 대상이 되었고, 여기서 바르트는 전통주의 학파로부터 강한 비난과 공격을 받았다. 가장 잘 알려진 작품으로 《라신에 관하여》(1963)·《기호론 개요》(1965)·《S/Z》(1970)를 들 수 있지만, 그것이 대중적 성공을 거둔 것은 '반(反)자서전'인 《롤랑 바르트에 의한 롤랑 바르트》(1975)·《사랑의 단상》(1977)이 출판된 후였다. 그는 자동차 사고로 죽었다.

바리 Barry, Jeanne Bécu, comtesse du (1743~1793) 프랑스 왕 루이 15세(1715-74 재위)의 마지막 정부(情婦). 궁정에서 정치적인 영향력을 거의 행사하지는 못했지만 평판이 나빠 1770년대초에 왕권의 위신을 떨어뜨리는 데 한몫했다. 그녀는 하층민 출신의 사생아였으며, 당시 이름은 마리 잔 베퀴였다. 수녀원에서 교육받은 뒤 파리의 한 의상실에서 잔 보베르니에라는 이름으로 점원 일을 보았다. 그곳에 있을 때 전쟁 청부업자로 재산을 모은 가스코뉴의 귀족 장 뒤 바리의 정부가 되었다. 그는 잔을 파리 상류사회에 소개했으며, 그녀는 타고난 미모로 귀족 출신 연인들을 계속 사로잡다가 1768년에는 루이 15세의 눈에 띄었다. 1764년 마담 드 퐁파두르가 죽은 뒤로 국왕의 후궁 자리가 비어 있었지만 그녀는 출신 성분 때문에 귀족과 결혼하지 않는다면 정식 후궁이 될 자격이 없었다. 그래서 바리는 잔을 명목상으로 자신의 동생 기욤 뒤 바리와 결혼하도록 꾸몄으며, 이렇게 해서 그녀는 1769년 4월 루이 15세의 궁정에 들어갔다. 바리 백작부인이 된 그녀는 즉시 1770년 12월에 루이 15세의 유력한 외무장관 수아죌 공작을 몰락시킨 궁내 파벌에 가담했으며, 이어서 1771년에는 그녀의 친구인 대법관 르네 니콜라 드 모푸가 시행한 과감한 사법개혁조치를 지지했다. 그녀는 대부분의 시간을 루이가 준 루브시엔 부근의 영지에서 보냈으며, 그곳에서 인심 좋은 예술의 후원자로 평판을 얻었다. 1774년 5월 루이 15세가 죽고 루이 16세가 즉위하면서 마담 뒤 바리는 수녀원으로 추방되었으며, 1776년부터 프랑스 혁명이 일어날 때까지 브리 사크 공작과 함께 자신의 영지에서 살았다. 1792년에 런던을 몇 차례 여행했는데, 이는 프랑스 망명자들에게 재정 지원을 하기 위해서였던 것으로 보인다. 그녀는 1793년 12월 파리 혁명재판소에서 반혁명죄 선고를 받고 단두대의 이슬로 사라졌다.

바이런 Byron, George Gordon (1788~1824) 영국의 낭만파 시인·풍자가. 시 작품과 특이한 개성으로 유럽인들의 상상력을 사로잡았다. 대표작으로 《차일드 해럴드의 여행》(1812-18)과 《돈 주안》(1819-24)이 있다. 그리스의 독립을 위해 투쟁하다가 열병과 출혈로 죽었다.

발자크 Balzac, Honoré (1733~1850) 프랑스의 소설가. 방대한 양의 장편 소설 및 단편 소설들로 이루어진 《인간 희극》이라는 연작을 발표했다. 정통적인 고전 소설 양식을 확립하는 데 이바지했고, 가장 위대한 소설가 중의 한 사람으로 꼽힌다.

발튀스 Balthus (1908~) 프랑스의 화가. 유럽 회화의 전통적 범주인 풍경화·정물화·역사화·초상화를 20세기 회화에서 독특한 화풍으로 되살렸다. 개인적이고 환각적인 상상력으로 인해 이따금 초현실주의로 분류되기도 한다. 가장 잘 알려진 작품으로는 〈거리〉(1933)·〈기타 교습〉(1934)·〈산〉(1937)·〈테레즈〉(1938)·〈인내〉(1943)·〈지중해 지방의 고양이〉(1949)·〈생탕드레 통행로〉(1954)·〈벽난로 앞의 누드〉(1955)·〈황금 같은 오후〉(1957)·〈카드놀이하는 사람들〉(1973) 등이 있다.

보들레르 Baudelaire, Charles (1821~1867) 프랑스의 시인. 외설과 신성모독으로 기소당했고, 죽은 지 오래 된 오늘날에도 여전히 대중의 마음속에서 타락과 악덕의 존재로 동일시되는 보들레르는 19세기보다는 20세기 사람들에게 직접 이야기하고 있는 듯 여겨질 만큼 당대의 어느 누구보다도 현대 문명에 가까이 접근한 시인이었다. 그는 낭만주의의 부자연스러운 꾸밈을 거부하고, 대부분 내성적인 시 속에서 종교적 믿음 없이 신을 추구하는 탐구자로 모습을 드러냈다. 그는 생명의 모든 징후에서 진정한 의미를 찾고자 했다. 시인이자 비평가로서 그는 현대 세계의 인간 조건에 호소하고 있으며, 주제 선택의 제약을 거부하고 상징의 시적 힘을 강력히 주장한 점에서도 역시 현대적이다.

브론테 Bronte, Charlotte (1816~1855) 영국의 소설가. 《제인 에어》(1847)로 유명하다. 이 소설은 자연스러운 욕구와 사회적 여건 사이에서 갈등하는 한 여성의 감동적인 이야기로, 빅토리아조 소설에 새로운 사실성을 부여했다. 그밖에 《셜리》(1849)·《빌렛》(1853) 등을 썼다.

비고 Vigo, Jean (1905~1934) 프랑스의 영화감독. 인생에 대한 냉소적이고 무질서한 시각을 바탕으로 서정주의·사실주의·초현실주의를 혼합하여 독창적인 재능을 인정받았다. 장편 영화 3편과 1편의 단편 영화 《타리》(1931)만을 남기고 요절했는데, 이 영화들은 큰 대중적 반응을 불러일으켰다. '작품의 독창성과 연출의 우수성'으로 특정지어지는 이 영화제작가를 기념하여 해마다 프랑스에서는 장 비고 상이 수여된다.

1930년 사회풍자적 다큐멘터리 《니스의 이야기》를 처음으로 감독했다. 비고는 그후 곧 파리로 옮겨 《품행 제로》(1933)를 감독했다. 이 영화는 검열관에게 '반프랑스적' 영화로 낙인찍혀 개봉된 지 얼마 안 되어 극장에서 자취를 감추었고, 1945년까지 프랑스에서 다시는 상영되지 않았다. 소년 기숙학교를 배경으로 한 이 감동적인 영화는 자유와 권위의 문제를 파헤치고 있는데, 아마도 비고 자신의 불행한 어린 시절을 소재로 한 것 같다. 명작 《아탈란트호(號)》(1934)는 프랑스 부르주아의 본질에 혹독한 질타를 가한 것이어서 대중의 비판을 두려워한 제작자들에 의해 철저하게 삭제되어야 했다.

비발디 Vivaldi, Antonio (1678~1741) 이탈리아의 작곡가, 바이올린의 거장. 후기 바로크 시대 기악 음악에서 가장 영향력 있는 작곡가의 한 사람이다. 가장 잘 알려진 비발디의 협주곡은 《사계》라는 제목이 붙은 표제적 성격의 작품이다.

샤토브리앙 Chateaubriand, François-Auguste-René, Vicomte de (1768~1848) 프랑스의 작가·외교관. 프랑스 낭만주의의 초기 작가이다. 당대의 젊은이들에게 깊은 영향을 미쳤으며, 미국과 인디언 원주민을 이국적으로 묘사했다. 그러나 그의 가장 지속적인 관심사는 자기 자신이었고, 그런 이유로 그의 회고록은 불후의 작품이 되었다.

소로 Thoreau, Henry David (1871~1862) 미국의 수필가, 시인, 실천적 철학자. 걸작 《월든: 숲속의 생활》(1854)에서 다룬 초월주의 원칙대로 살면서 평론 〈시민의 반항〉(1849)에서 주장한 대로 시민의 자유를 열렬히 옹호한 것으로 유명하다.

쇼펜하우어 Schopenhauer, Arthur (1788~1860) 독일의 철학자. 흔히 '염세주의 철학자'로 불린다. 무엇보다도 헤겔의 관념론에 정면으로 반대하는 의지의 형이상학을 주창한 인물로 중요하다. 그의 글은 나중에 실존철학과 프로이트 심리학에 영향을 끼쳤다. 그리고 그의 사상은 정신과 이성이 아니라 직관력·창조력·비합리적인 것에 주목함으로써 부분적으로 니체를 거쳐 물활론·생철학·실존철학·인간학 등에 영향을 끼쳤다.

사드 Sade, Marquis de (1740~1814) 프랑스의 작가. '새디즘'이란 용어를 낳은 성애 문학의 저자이다. 동시대인들에게 충격과 분노를 준 인생을 사는 동안, 사드는 자신의 작품에 다루어진 수많은 성행위를 실제로 체험했다. 그의 글은 프랑스 법원의 판결에 따라 지금도 공식적으로는 금지되어 있다. 작가로서 그는 엇갈린 평가를 받고 있다. 한편에서는 그를 본능의 발산을 거의 범죄적인 수준까지 옹호하는 절대악의 화신으로 생각하고, 다른 편에서는 그가 모든 형태의 욕망을 충족시킴으로써 인간의 완전한 자유를 옹호한 투사였다고 생각한다. 그의 작품은 19세기에 특히 작가와 화가들 사이에서 '은밀하게' 널리 읽혔다. 20세기초에 사드는 시인 기욤 아폴리네르의 노력에 힘입어 문화의 영역에서 확고한 지위를 얻게 되었다. 오늘날에는 사드의 저서를 좀더 편안한 마음으로 분류할 수 있다. 그의 글은 사상사에 속하며, 문학사에서 중요한 기점을 이룬다. 그는 근대의 '저주받은 작가들' 가운데 최초의 인물이기 때문이다. 사드의 가장 유명한 소설인 《미덕의 재난》은 1787년에 발표되었으며, 이듬해에 단편집 《사랑의 범죄》가 나왔다. 그후 작품으로는 《쥐스틴》(1791)·《쥘리에트》(1798)가 있다.

영문집

소크라테스 Scorates (BC 470경~BC 399) 고대 그리스의 철학자. BC 5
세기 후반에 활동했으며, 서구 문화의 철학적 기초를 마련한 고대 그
리스의 위대한 세 인물인 소크라테스·플라톤·아리스토텔레스 가운데
서 첫째 인물이다. 키케로가 말했듯이 그는 "철학을 하늘에서 땅으로
끌어내렸다." 즉 소크라테스는 이오니아와 이탈리아 우주론자들의 자
연에 관한 사변에서 인간생활의 성격과 행위를 분석하는 데로 철학의
초점을 옮겼다. 그는 도덕적 가치가 침식된 펠로폰네소스 전쟁의 혼
란기에 살면서 "너 자신을 알라"라는 충고와 도덕적 용어의 의미에 대
한 연구를 통해 윤리생활을 뒷받침해야 한다는 소명을 느꼈다.

스위프트 Swift, Jonathan (1667~1745) 아일랜드 작가. 1713년부터 더블
린의 세인트패트릭 성당 참사원장을 지냈으며, 영어 풍자문의 대가이
다. 유명한 《걸리버 여행기》(1726)를 비롯해 《지어낸 이야기》(1704)·
〈책들의 싸움〉(1704)·〈겸손한 제안〉(1729) 등 유명한 풍자문을 썼다.

아라공 Aragon, Louis (1897~1982) 프랑스 초현실주의를 주도한 시인·
소설가·평론가. 공산주의를 대변한 정치행동가이기도 하다. 초현실주
의 시인 앙드레 브르통의 소개로 다다이즘 운동에 합류한 아라공은 필
리프 수포 등과 함께 초현실주의 평론지 《리테라튀르》(1919)를 창간
했다. 아라공은 《환희의 불길》(1920)·《영원한 운동》(1925) 등 초기에
시를 발표한 데 이어, 《파리의 농부》(1926)라는 장편 소설을 썼다.

에픽테토스 Epiktētos (55경~135경) 스토아학파 철학자. 종교적 경향의
가르침으로 유명하며, 이 때문에 초기 그리스도교 사상가들로부터 존
경받았다. 《어록》·《제요》의 주저작은 제자인 아리아노스가 그의 가르
침을 기록한 것이다. 그의 가르침 속에서, 에픽테토스는 현자의 역사
적 모델로서 후기보다는 초기 스토아 학파를 따라 소크라테스와 견유
학파 철학자 디오게네스로 돌아갔다. 윤리학에 주로 관심을 둔 그는
배움으로서의 철학에 대해 "방해받지 않고 어떻게 욕구하며 혐오할 수
있겠는가"라고 적었다. 그는 진정한 교육이란 한 개별자의 전적인 의
지, 또는 목적에 속하는 유일한 하나의 무엇이 있음을 깨닫는 데 있다
고 생각했다. 선한 왕과 아버지로서 행위하는 신은 각각의 존재에게

외부로부터 강요되거나 방해받을 수 없는 의지를 주었다. 인간은 의식에 떠오르는 자신에 대한 관념에는 책임이 없다. 그러나 관념을 사용하는 방법에는 전적으로 책임이 있다. 에픽테토스는 우리가 늘 마음속에 새겨두어야 할 두 가지 계명이 있다고 말했다. 즉 "의지와 분리되어서는 선한 것도 악한 것도 없고, 우리는 사건을 예상하거나 지휘하려 해서는 안 되며 다만 그것을 지성으로 받아들이려고 노력해야 한다." 그 말은 인간은 사고로써 우주를 지휘하는 신이 있음을 믿어야만 한다는 것이다.

정치이론가로서 에픽테토스는 인간은 신과 인간을 파악할 수 있는 위대한 체계의 일원이라고 보았다. 개개의 인간은 일차적으로 그가 속한 국가의 시민이지만, 또한 신과 인간으로 이루어진 위대한 도시의 일원이기도 하다. 따라서 도시국가는 이것의 빈약한 모사품일 뿐이다. 모든 인류는 합리성 덕분에 신의 아들이며, 천성적으로 신성과 친척이다. 그러므로 인간은 신의 의지에 따라 도시와 삶을 관리할 능력이 있으며, 이는 자연의 의지이다. 또한 인간은 생명 있는 삶의 자연스런 본능으로서 자기 보존과 사리사욕의 본능에 쉽게 지배받는다. 그러나 인간은 또한 공동의 이익에 기여하지 않는 한 그 자신의 이익도 지킬 수 없게 되어 있다. 철학자의 과업은 세계를 전체로서 보고, 신의 마음까지 자라며 본성의 의지가 자신의 것이 되도록 만들어가는 것이다.

오스틴 Austen, Jane (1775~1817) 영국의 작가. 일상 속의 평범한 사람들을 다룸으로써 현대적 성격을 지닌 소설을 최초로 썼다. 《분별과 다감(多感)》(1811) · 《오만과 편견》(1813) · 《맨스필드 공원》(1814) · 《에마》(1815) · 《노생거 수도원》(1817, 사후 출판) · 《설득》(1817) 등의 소설에서 당시 영국 중산층의 풍속 희극을 창조해 냈다.

울프 Woolf, Virginia (1882~1941) 영국의 작가. 소설 형식에 독창적인 공헌을 했으며, 당대의 가장 뛰어난 비평가 가운데 한 사람이었다. 소설 《출항》(1915) · 《밤과 낮》(1919)을 출판한 뒤 실험적인 작품을 쓰기 시작했다. 그녀는 경험의 끊임없는 흐름, 명확하게 표현하기 힘든 인물 성격, 의식을 자극하는 외부 환경을 강조하고자 했다. 또한 시간을 본질적으로 다른 순간순간의 연속인 동시에 수 년, 수 세기의 흐름으로 경험하는 방식에 흥미를 갖고 있었다. 《제이콥의 방》(1922) 이후 계속 울프 개인의 경험 속에서 현재의 시간과 지나가고 있는 시간의 느낌, 역사적 시간에 대한 등장인물의 자각의 느낌을 전하려고 시도했다. 《댈러웨이 부인》(1925)·《등대로》(1927)에서는 한층 더 완숙한 기교를 보여 주었다. 계속 반복되는 이미지 같은 시적 장치 구사가 돋보이며, 행위가 일어나는 시간을 제한함으로써 각 작품마다 빈틈 없는 구조적 형식을 부여했다.

장문의 수필 《자기만의 방》(1929)에서는 남성 중심의 세계에서 여성 작가가 겪는 어려움을 다루었다. 소설에 다시 관심을 갖기 시작한 울프는 《파도》(1931)에서의 의식의 흐름을 기록하는 작업에 몰두했다. 독자가 어린 시절부터 노년기까지를 겪는 등장인물 6명의 마음속에서 함께 살게 되는 이 작품에서는 인물이나 사건보다 '인간의 7단계'에서 겪는 경험이 가장 중요하게 다루어져 있다. 《세월》(1937)은 이보다 더욱 방대하고 전통적인 작품이다. 《막간》(1941)에서는 《댈러웨이 부인》에서처럼 행위는 단 하루 동안에 일어나지만 영국의 역사를 보여 주는 한 마을의 가장 행렬을 등장시킴으로써 더욱 확장된 시간을 암시하고, 동시에 독자에게 전쟁이 임박했다는 것을 계속 일깨워 준다. 울프는 《막간》을 완성한 뒤 정신불안증세가 재발해 서식스의 집근처에서 물에 빠져죽었다.

이솝 Aesop 그리스 우화집 작가로 여겨지는 인물에게 붙여진 이름. 그는 거의 전설적인 인물에 가깝다. 고대에는 그가 실존 인물이었음을 입증하기 위한 많은 노력이 있었다. BC 5세기의 헤로도토스는 이솝이 BC 6세기에 살았던 노예였다고 했다. AD 1세기의 플루타르코스는 이솝이 BC 6세기 때 리디아의 왕이었던 크로이소스의 조언자였다고 했다. 그가 트라키아 출신이라고 하는 설도 있고, 프리지아 사람이라는 설도 있다. 1세기에 씌어진 이집트 전기를 보면 그는 사모스 섬에 살던 노예였고, 주인에게 자유를 얻어 리쿠르고스 왕의 수수께끼 푸는 자로 바빌론에 갔으며, 마침내 델포이에서 죽음을 맞는 것으로 나온다.

아마 이솝은 동물을 중심으로 한 우화들의 작가로 만들어 낸 인물에 불과한 것 같다. 그래서 '이솝 이야기'란 곧 '우화'를 뜻하게 되었다. 우화의 중요성은 이야기의 줄거리보다 이야기가 주는 교훈에 있다.

주네 Genet, Jean (1910~1986) 프랑스의 작가. 한때 범죄자·부랑자였으나 소설을 통해 관능적이고 때로는 외설스러운 주제를 시적 우주관으로 변형시켜 보여 주었다. 또한 전위극, 특히 부조리극에서 선도적인 역할을 한 극작가이기도 했다. 가브리엘 주네의 사생아로 어머니에게도 버림받아 어떤 농가에서 자랐다. 10세 때 절도죄로 사춘기의 일부를 악명 높은 메트레 소년원에서 보냈는데, 그곳에서 후에 소설 《장미의 기적》(1945-46)에서 묘사된 일들을 많이 체험했다. 자전적인 작품 《도둑 일기》(1949)에서는 바르셀로나·안트웨르펜 및 기타 여러 도시에서 떠돌이·소매치기·남창 노릇을 하며 살던 시기(1930경-39)의 일들을 숨김 없이 기록했다. 이 작품에는 탐미주의자이며 실존주의자, 그리고 부조리극의 선구자인 작가의 모습이 잘 드러나 있다. 1942년 프렌에서 강도죄로 복역하던 중 글을 쓰기 시작하여, 걸작 《꽃들의 성모마리아》(1944)를 발표했다. 여기에서 그는 전쟁 직전의 몽마르트르 풍경, 살인청부업자·포주·성도착자들이 판치는 지하세계의 모습을 실감나게 그렸다. 그의 재능은 장 콕토·장 폴 사르트르·시몬 드 보부아르의 관심을 끌었다. 1948년 강도죄로 10번째 기소되어 자동으로 종신형이 선고되자 여러 저명한 작가들이 프랑스 대통령에게 청원했고, 마침내 집행유예로 풀려났다. 반항아이며 극도의 무정부주의자인 그는 모든 형태의 사회적 규율과 정치적 참여를 거부했다. 그가 체험한 난폭하고 종종 타락한 에로티시즘은 신비스러운 겸양의 개념으로 이어졌다. 장 폴 사르트르는 평론 《성자 주네, 배우 겸 순교자》(1952)에서 금욕과 겸양에 대한 그의 명백한 추구를 성자의 노력에 비유했다.

카날레토 Canaletto (1697~1768) 이탈리아의 화가. 상세하게 그린 풍경화에서 베네치아와 런던 및 영국 교외의 분위기를 훌륭하게 묘사하여 후대의 풍경화가들에게 큰 영향을 미쳤다.

카르파초 Carpaccio, Vittore (1460경~1525/26) 르네상스 초기에 가장 뛰

어난 이야기식 그림을 그렸다. 몇 안 되는 그의 초기 작품 중 하나로 〈구세주와 4명의 복음서 저자〉가 있다. 1490년경 스쿠올라 디 산타 오르솔라를 위하여 성 우르술라의 전설을 다룬 연작을 그리기 시작했다. 현재 베네치아의 아카데미아에 있는 이 작품들에서 카르파초는 독창성 있는 성숙한 미술가로 발전해 구도와 이야기를 전개하는 솜씨, 빛의 처리 등에서 타고난 재능을 보여 주었다. 〈성 우르술라의 꿈〉은 풍속적인 장면의 풍부하고도 사실적인 세부 묘사로 특히 유명하다.

카사노바 Casanova, Giovanni Giacomo (1725~1798) 이탈리아의 성직자·작가·군인·첩자·외교관. 이탈리아 출신의 모험가들 가운데 제1인자이며, 카사노바라는 이름을 '난봉꾼'과 동의어로 만든 인물로 기억되고 있다. 그의 자서전은 일부 탈선 행위를 과장하기는 했지만, 18세기 유럽 대도시의 상류사회를 훌륭하게 묘사한 작품이다. 배우의 아들로 태어난 카사노바는 젊은 시절 추문을 일으켜 성 치프리아누스 신학교에서 쫓겨나 화려하고 방종한 생활을 시작했다. 잠시 로마 가톨릭 추기경 밑에서 일하다가 베네치아로 가서 바이올린을 연주하고, 리옹에서 프리메이슨 결사에 가입한 뒤, 파리·드레스덴·프라하·빈을 여행했다. 1755년 베네치아로 돌아온 카사노바는 마법사로 고발되어 5년 동안 총독 관저에 있는 감옥에 감금한다는 선고를 받았다. 1756년 10월 31일 그는 극적으로 탈옥해 파리로 가서 1757년 파리에 복권을 처음 소개해 명성을 얻고 귀족들 사이에 이름이 알려졌다. 1760년 파리의 빚쟁이들한테서 도망쳐, '생갈의 기사'라는 가명으로 독일 남부와 스위스·사보이·프랑스 남부·피렌체 및 로마를 여행했다. 그는 런던에서도 얼마 동안 지냈다. 베를린에서는 프리드리히 2세한테 관직을 받았다. 카사노바는 여행을 계속해 리가와 상트페테르부르크 및 바르샤바를 방문했다. 추문과 그에 따른 결투 때문에 도망칠 수밖에 없었고, 결국 스페인에서 피신처를 찾아냈다. 1774-82년에 베네치아 종교 재판관들을 위한 첩자 노릇을 했다. 그는 보헤미아의 둑스 성에서 발트슈타인 백작의 도서관 사서로 일하면서 말년을 보냈다.

카프카 Kafka, Franz (1883~1924) 체크 태생 독일의 작가. 유대인으로 인간 존재의 부조리성을 표현한 작품을 남겼으며, 실존주의 문학의 선구를 이루었다. 환상적인 작품 세계를 보이며, 사후 출판된 소설 가운데 특히 《심판》(1925) · 《성》(1926) 등은 20세기 인간의 불안과 소외를 그린 작품이다.

케르테스 Kertész, André (1894~1985) 헝가리 태생 미국의 보도사진기자. 그의 생생하고 자연스러운 사진들은 잡지사진계에 큰 영향을 미쳤다. 1912년 부다페스트의 증권거래소에서 사무원으로 일하면서 자신의 주변 세계를 사진으로 담기 시작했다. 제1차 세계대전 기간 동안 그는 헝가리군에 징집되어 중부 유럽 대부분의 지역에서 전투를 치렀고, 그 와중에 큰 부상을 입었다. 전쟁이 끝난 뒤 원래의 직장으로 복귀했으나 헝가리의 잡지들에 사진들을 기고했다. 부다페스트가 예술적 발전에 별로 도움이 되지 않는 도시라는 것을 깨닫고 1925년에 파리로 갔다. 파리에서 그는 전위적인 경향을 지닌 많은 화가 · 작가 · 영화관계자들과 친분을 맺었다. 1920 · 1930년대 파리의 문화적 분위기를 고스란히 사진으로 담아둠으로써 사진을 통한 역사가의 역할을 했다. 그의 사진 작품집으로는 《파리의 나날》(1945) · 《사진작가 안드레 케르테스》(1964) · 《안드레 케르테스》(1967) · 《독서》(1971) · 《안드레 케르테스: 사진과 더불어 보낸 60년》(1972) · 《일그러진 형상》(1976) 등이 있다.

코르데 Corday, Charlotte (1768~1793) 프랑스의 혁명가 장 폴 마라를 암살한 여성. 귀족 집안 출신으로 캉에 있는 한 수녀원에서 교육을 받았고, 심정적으로는 왕당파를 지지했으나 계몽주의 이념에도 민감하게 영향을 받았다. 캉에 있는 친척집에서 지내던 중 1793년 7월 지롱드당이 축출된 뒤 캉이 국민공회에 대항하는 '연방주의자들'의 본거지가 되었다. 그녀는 샤를 바바루아 등 지롱드파 망명객으로부터 큰 영향을 받았다. 그녀는 지롱드파의 대의를 위해 일하려고 파리로 향했다. 마라가 발행하는 신문이 대중에 미치는 영향력을 생각해 그를 표적으로 삼은 코르데는 마라와의 인터뷰를 요청했고, 마침내 7월 13일 목욕중이던 그를 직접 만날 수 있었다. 코르데는 노르망디에 있는 반대파 인사들의 이름을 나열했다. 이를 모두 받아 적은 마라는 기요 틴으로 그들을 처형하겠다고 다짐했다. 그러자 그녀는 옷 속에서 단 검을 꺼내 마라의 가슴을 찔렀다. 그 자리에서 바로 체포된 코르데는 7월 16-17일에 혁명재판소의 재판과 선고를 받은 뒤 곧바로 혁명광장 에서 처형당했다.

콜레트 Colette, Sidonie-Gabrielle (1873~1954) 20세기 전반의 프랑스 문 단에서 두각을 나타냈던 여성 작가. 그녀의 소설들은 대부분 사랑의 기쁨과 괴로움에 대한 이야기로 소리・냄새・맛・감촉・색깔 등의 감 각을 생생히 부각시킨 것이 특징이다. 부르고뉴의 한 마을에서 성장 한 그녀는 친절하고 현명한 어머니 덕분에 '싹트고 꽃피고 날아다니 는' 모든 것에 대한 경이로움에 눈을 떴고, 세상을 있는 그대로 받아 들였다. 순진함과 명민함을 동시에 보여 주는 날카로운 관찰력으로 사랑과 자연에 대한 글을 써서 반세기에 걸쳐 독자의 사랑을 받았다. 여러 차례 스캔들에 휘말렸지만, 벨기에 왕립 아카데미(1935)와 프랑 스 콩쿠르 아카데미(1945)의 일원이 되었고, 여성에게는 거의 수여되 지 않는 레지옹도뇌르 훈장을 받기도 했다. 섬세하고 유머에 넘치는 사실주의 작가인 그녀는 남편만 얻으면 다 된다는 식의 여자, 가족에 게서 버림받는 여자, 늙거나 사회적으로 소외된 정부(情婦) 등 전통적 인 여성의 모습을 아무 비판 없이 사실적으로 담담하게 보여 줌으로써 그 시대 여성들의 삶을 충실히 그려냈다. 그녀는 중편 소설을 즐겨 썼 으며, 육감적인 쾌락과 직관적인 통찰력이 미묘하게 어우러지며 세련 미와 자연스러움이 융합되어 있는 문체를 구사했다. 1949년 이후 관 절염이 점점 심해져 다리를 절게 되었다. 파리가 내려다보이는 팔레 루아얄의 아파트에서 사랑하는 고양이들에 둘러싸여 전설적인 인물로 서의 여생을 마쳤다.

쿤데라 Kundera, Milan (1929~) 체크의 소설가・단편작가・극작가・시 인. 성애를 다룬 희극과 정치 비평을 결합한 다양한 작품을 발표했다. 여러 권의 단편 소설집과 대성공을 거둔 단막극 《열쇠 주인들》(1962) 에 이어 첫번째 장편 소설이자 대표작으로 꼽히는 《농담》(1967)을 발표했다. 스탈린 시대 체코슬로바키아의 다양한 사람들의 운명과 사생활을 풍자적으로 조명하고 있는 이 작품은 여러 나라에서 번역되어 국제적으로 찬사를 받았다. 두번째 장편소설 《생(生)은 다른 곳에》(1969)는 1948년 공산당의 정권 탈취를 그대로 받아들인 불운하고 낭만적인 인물을 주인공으로 삼고 있는데 체코슬로바키아에서는 출판이 금지되었다. 그는 짧았지만 격렬했던 1967-68년의 체코슬로바키아 해방운동에 가담했으며, 소련이 체코슬로바키아를 점령한 뒤에도 자신의 정치적 과오를 인정하지 않았다. 이에 당국은 그를 공격하고 그의 모든 작품을 판매 금지시켰으며, 교직에서 해고한 뒤 공산당에서 제명하였다. 1975년 그의 아내 베라 흐라반코바와 함께 이민 허락을 받고 조국 체코슬로바키아를 떠나 프랑스 렌대학교에서 교편을 잡았으며, 1979년 체코슬로바키아 정부는 그의 시민권을 박탈했다. 이후 발표된 장편 소설 《이별의 왈츠》(1976) · 《웃음과 망각의 책》(1979) · 《참을 수 없는 존재의 가벼움》(1984) 등은 그의 조국이 아닌 프랑스 등의 제3국에서 출판되었다. 가장 성공적인 작품 가운데 하나인 《웃음과 망각의 책》은 인간의 기억과 역사적 진실을 부인하고 말살하려는 현대 국가의 경향을 다룬 재치 있는 풍자적 명상록이다.

크노 Queneau, Raymond (1903~1976) 프랑스의 작가. 해학가로서 20세기 중반의 중요한 산문과 시 몇 편을 썼다. 《앵트랑지장》지의 기자로 일한 뒤, 고금의 고전작가들에 관한 학술판 《플레야드 백과전서》의 교정원으로 일하다가 1955년 그 책임자가 되었다. 1920년대에 초현실주의에 참여하면서부터 언어 유희의 취미, 블랙 유머 경향, 권위에 대해 조롱적인 태도 등을 지니게 되었다. 동음이의어의 유희, 냉소, 기발한 철자법 및 기타 괴상하게 비틀린 언어의 이면에는 죽음에 대한 강박관념과 절대적인 염세주의가 엿보인다. 그의 자조적인 웃음은 자신의 유년을 회상한 운문 소설 《떡갈나무와 사냥개》(1937)의 경쾌한 운문에, 그리고 보다 철학적인 시 《소우주 진화론》(1950) · 《만약 네가 상상한다면》(1952) 등의 작품에도 잘 나타나 있다.

그의 소설들의 유형은 대개 비슷한 것으로, 작은 카페가 있는 교외,

유원지, 파리의 지하철 등 친근한 배경을 통해 부조리한 세상의 모습을 드러냈다. 《기나나무》(1933) · 《지하철 안의 자지》(1959) · 《푸른 꽃들》(1965) · 《이카로스의 비상》(1968) 등이 모두 그런 식이다. 이 소박한 사람들의 연대기들은 일상 속어에서 고상한 시어(詩語)에 이르기까지 다양한 언어로 기술되어 있다. 기발하고 다재다능한 인본주의자였던 크노의 수사적 유희는 현대의 라블레라고 불릴 만한 기지와 깊이를 지니고 있다.

타소 Tasso, Torquato (1544~1595) 르네상스 후기의 가장 위대한 이탈리아의 시인. 제1차 십자군 원정 당시의 예루살렘 점령 과정을 다룬 영웅 서사시 《해방된 예루살렘》(1581)으로 유명하다.

티에폴로 Tiepolo, Giovanni (1696~1770) 이탈리아의 위대한 화가. 티에폴로가 그린 밝고 시적인 분위기의 프레스코들은 바로크풍 천장 장식의 전통을 따르고 있으면서도 로코코 양식의 밝고 우아한 분위기를 함축하고 있다.

파베세 Pavese, Cesare (1908~1950) 이탈리아의 시인 · 비평가 · 소설가 · 번역가. 미국과 영국의 많은 현대 작가들을 이탈리아에 소개했다. 파베세가 쓴 대다수의 작품은 전쟁이 끝날 무렵에서 죽기 전까지 출간된 단편들과 소설들이다. 부분적으로 멜빌의 영향을 받았던 파베세는 신화 · 상징 및 원형의 연구에 몰두했으며, 가장 유명한 저서 가운데 하나인 《레우코와의 대화》(1947)는 인간의 조건을 시적으로 적은 대화체 작품이다. 그의 대표작으로 간주되는 소설 《달과 모닥불》(1950)은 자신이 성장했던 장소를 방문함으로써 스스로를 발견하려 애쓰는 주인공에 관한 쓸쓸하면서도 연민이 넘치는 이야기이다. 그밖의 여러 작품 중 특히 《아름다운 여름》(1949)이 유명하며, 이 작품으로 상을 받은 직후(1950) 그는 호텔 방에서 자살했다. 주요 작품 일부가 사후에 출판되었는데, 주목할 만한 것으로는 가장 뛰어난 시 〈죽음은 당신의 눈을 통해 나를 응시할 것이다〉(1951)가 수록되어 있는 연애시 모음집, 소설 선집 《축제의 밤》(1953), 자신의 내면 세계를 묘사한 인상적인 일기 《삶이라는 직업》(1952)이 있다.

펠리니 Fellini, Federico (1920~1993) 이탈리아의 영화감독. 신사실주의 물결을 일으키는 데 참여했지만, 나중에는 회화적 형상과 환상에 관심을 쏟았다. 펠리니는 30년에 걸쳐 만든 일련의 중요한 영화를 통하여 영화 역사상 가장 중요한 지위를 확보했다. 그는 자신이 감독한 모든 영화 대본의 일부를 직접 썼는데, 가장 훌륭한 작품들은 꿈과 현실, 자서전과 환상이 상징의 세계 속에서 뒤섞이는 자유로운 구성을 보여 준다. 그는 전통적인 영화 제작 기법을 버리고, 영화를 지극히 개인적인 표현 수단으로 만드는 데 성공했기 때문에, 그의 특유한 창조력과 개인적 문제는 하나의 전설이 되었다. 동시에 그는 현대 세계에서 인간이 느끼는 극적인 고독을 강조함으로써 영화라는 표현 수단에 새로운 활력을 불어넣었다. 특히 《길》(1954)·《카비리아의 밤》(1956)·《달콤한 인생》(1960)·《8½》(1963)·《나는 기억한다》(1947)로 잘 알려져 있다.

프로이트 Freud, Sigmund (1856~1939) 오스트리아의 신경학자, 정신분석학의 창시자. 지크문트 프로이트는 당대 최고의 지적 영향력을 가진 사람으로 볼 수 있다. 그의 정신분석학은 인간의 정신 및 정신병 치료에 관한 이론인 동시에 문화와 사회를 해석하는 시각을 제공하는 이론이다. 반복되는 비판과 논박·수정에도 불구하고 프로이트의 연구는 그의 사후에도 유력한 분야로 계속 남아 있다.

프루스트 Proust, Marcel (1871~1922) 프랑스의 소설가. 자신의 삶을 '의식의 흐름' 기법을 통해 심리적·비유적으로 그린 작품 《잃어버린 시간을 찾아서》로 널리 알려졌다.

프리드리히 Friedrich, Caspar David (1774~1840) 19세기초 독일의 낭만주의를 개척한 화가. 자연의 힘 앞에 인간의 무력함을 나타내는 거대하고 신비스러운 풍경화를 그렸으며, 숭고미를 낭만주의 운동의 주요 개념으로 확립하는 데 크게 이바지했다.

플로베르 Flaubert, Gustave (1821~1880) 프랑스의 소설가. 프랑스 사실주의 문학의 창시자로 여겨지며, 걸작 《보바리 부인》(1857)으로 유명하다. 당대 부르주아 계층의 생활을 사실주의적으로 묘사한 이 소설은 사회 풍속을 해쳤다는 이유로 법정에 고발되기도 하였다.

피카소 Picasso, Pablo (1881~1973) 스페인의 화가. 91년간의 전생애 중 80여 년을 미술에 바친 피카소는 회화·조각·소묘·도자기·시 등 의 무수한 작품으로 20세기 현대 미술의 발전에 크게 기여했다. 초기 작품 〈아비뇽의 처녀들〉에서 이미 엿보이는 피카소의 급진적인 미술 성향으로 인해 사실 그의 영향을 받지 않은 20세기의 미술가는 전혀 없다고 볼 수 있다. 게다가 마티스나 브라크 같은 20세기의 다른 거장 들이 그들의 초기 화풍을 끝까지 고수하는 경향을 보여 준 반면, 피카 소는 말년까지도 끊임없이 새로운 미술을 추구했다.

헤밍웨이 Hemingway, Ernest (1899~1961) 미국의 작가. 1954년 노벨 문 학상을 받았다. 강하고 힘찬 글과 대담하고 널리 공개된 생활로 유명 했다. 완전히 상반된 성격을 지닌 헤밍웨이는 재치 있고 쾌활하고 성 미가 급한 반면, 호탕하고 이기적이고 개방적이고 자기 중심적이었다. 쾌락적이고 헌신적이었으며, 삶을 사랑하면서도 그 자신이 고백했듯 이 죽음에 대한 강박관념에 사로잡혀 있었고, 타고난 스포츠맨이자 닥치는 대로 책을 읽는 사람이었다. 또한 술을 많이 마시고도 아침에 일찍 일어났으며, 관습에 얽매이지 않고 복잡한 생활을 했으며, 유능 하면서도 늘 손해를 입었는데, 결국 무자비하게 자기 자신을 버린 용 기의 화신 그 자체였다. 20세기의 미국 작가들 중 헤밍웨이가 얻은 명 성을 뛰어넘은 사람은 몇 되지 않았다. 그가 큰 짐승의 사냥이나 투 우, 전투에서 경험한 육체적 감각을 그대로 재생하려고 한 작품의 힘 찬 특성 뒤에는 사실 매우 섬세한 미적 감수성이 깔려 있다. 그는 중 년에 이르기 훨씬 전에 이미 상당한 명성을 얻었는데, 진지한 비평가 들은 그의 인기를 입증하고 있다.

호퍼 Hopper, Edward (1882~1967) 미국의 화가. 도시의 일상적인 장면 들을 사실적으로 묘사한 그의 그림을 통해 감상자는 익숙한 주위 환 경을 낯설게 느끼게 된다. 그는 1960·1970년대 팝 아트와 신사실주 의 미술에 강한 영향을 미쳤다. 애슈캔파의 화가들과 마찬가지로 호퍼 는 도시의 일상적 공간을 그렸다. 그러나 느슨한 구성과 활기찬 분위기의 이런 그림들과는 달리 〈기찻길 옆의 집〉·〈브루클린의 방〉은 스냅 사진 같은 구도 속에서 조용하고 비개성적인 인물들과 엄격한 기하학적 형태들을 통해 벗어날 길 없는 고독감을 보여 주고 있다. 호퍼는 눈부신 아침 햇살을 그린 〈일요일의 이른 아침〉, 밤새 여는 찻집의 으스스한 빛을 그린 〈밤샘하는 사람들〉을 통해 사람과 물건들을 공간 속에 고립시키는 빛을 독특하게 사용함으로써 그의 주제들이 나타내는 이러한 고독감을 더욱 고조시켰다. 호퍼의 성숙한 양식은 1920년대 중반 무렵 형성되었다. 그후에도 자신의 시각을 꾸준히 다듬어 발전시켰는데 〈2층의 햇빛〉과 같은 후기 작품은 1920년대의 작품들에서 볼 수 있는 것보다 훨씬 더 뛰어난 빛의 구사와 매우 미묘한 공간관계를 보여 준다.

히에로니무스 Hieronymus, Eusebius (347경~419/420) 축일은 9월 30일. 성서 번역자, 수도원 지도자. 전통적으로 라틴 교부들 가운데 가장 학식이 높은 인물로 평가받는다. 한동안 은수자(隱修者)로 지낸 뒤 사제가 되었고, 교황 다마수스의 비서로 일했으며, 389년경 베들레헴에 수도원 공동체를 세웠다. 성서·금욕주의·수도원주의·신학에 대해 쓴 수많은 저서들은 중세 초기에 깊은 영향을 끼쳤다. 특히 라틴어 번역 성서 《불가타》로 유명하다.

문신원
이화여대 불어교육과 졸업
현재 불어번역가로 활동중
역서:《여성적 가치의 선택》(東文選)

현대신서
51

나만의 자유를 찾아서

초판발행: 2000년 5월 5일

지은이: 샹탈 토마스
옮긴이: 문신원
펴낸이: 辛成大
펴낸곳: 東文選
제10-64호, 78. 12. 16 등록
서울 종로구 관훈동 74번지
전화: 737-2795
팩스: 723-4518

편집설계: 韓仁淑

ISBN 89-8038-132-8 04860
ISBN 89-8038-050-X (세트)

【東文選 現代新書】

| ▨ 텍스트의 즐거움 | 김희영 옮김 | 15,000원 |
| ▨ 라신에 관하여 | 남수인 옮김 | 10,000원 |

【漢典大系】

▨ 說 苑·上	林東錫 譯註	30,000원
▨ 說 苑·下	林東錫 譯註	30,000원
▨ 晏子春秋	林東錫 譯註	30,000원
▨ 西京雜記	林東錫 譯註	20,000원
▨ 搜神記·上	林東錫 譯註	30,000원
▨ 搜神記·下	林東錫 譯註	30,000원
▨ 歷代書論	郭魯鳳 譯註	40,000원

【기 타】

■ 경제적 공포	V. 포레스테 / 김주경	7,000원
■ 古陶文字徵	高 明·葛英會	20,000원
■ 古文字類編	高 明	24,000원
■ 古文字學論集(第一輯)	中國古文字學會 편	12,000원
■ 金文編	容 庚	36,000원
■ 딸에게 들려 주는 작은 지혜	N. 레흐레이트너 / 양영란	6,500원
■ 딸에게 들려 주는 작은 철학	R. 시몬 셰퍼 / 안상원	7,000원
■ 미래를 원한다	J. D. 로스네 / 문 선·김덕희	8,500원
■ 산이 높으면 마땅히 우러러볼 일이다	유 향 / 임동석	5,000원
■ 서기 1000년과 서기 2000년	J. 뒤비 / 양영란	8,000원
그 두려움의 흔적들		
■ 세계사상·창간호		10,000원
■ 세계사상·제2호		10,000원
■ 세계사상·제3호		10,000원
■ 세계사상·제4호		14,000원
■ 선종이야기	홍 희 편저	8,000원
■ 십이속상도안집	편집부	8,000원
■ 어린이 수묵화의 첫걸음(전6권)	조 양	42,000원
■ 原本 武藝圖譜通志	正祖 命撰	60,000원
■ 隸字編	洪鈞陶	40,000원
■ 한글 설원(상·중·하)	임동석 옮김	각권 7,000원
■ 한글 안자춘추	임동석 옮김	8,000원
■ 한글 수신기(상·하)	임동석 옮김	각권 8,000원

東文選 現代新書 24

프랑스 [메디시스賞] 수상작

순진함의 유혹

파스칼 브뤼크네르
김웅권 옮김

아무것도 당신을 슬프게 하지 않을 때 불행을 흉내내는 것이 왜 눈살을 찌푸리게 하는가? 그 이유는, 그럼으로써 진정 아무런 혜택도 받지 못한 자들의 위치를 빼앗는 것이기 때문이다. 그런데 후자의 박복한 사람들이 요구하는 것은 제도의 위반도 특권도 아니다. 그것은 단지 다른 사람들처럼 남자이고 여자일 수 있는 권리이다. 바로 여기에 모든 차이가 있는 것이다. 거짓 절망한 사람들은 자신들이 구별되기를 원하고, 평범한 인간과 혼동되지 않기 위해 특권을 요구한다. 그런데 다른 사람들은 단지 인간이 되기 위해 정의를 요구한다. 이것이 바로 그토록 많은 범죄자들이 전혀 양심에 거리낌 없이 범죄를 저지르기 위해, 그리고 더럽지만 무고한 놈이 되기 위해 사형수의 옷을 걸치는 이유이다.

고통을 많이 받는 사람들이 우리 시대에 정통파적으로 생각하는 새로운 사람들일까? 그렇다면 자유와 변덕을 더 이상 혼동해서는 안 될 때가 아닌가? 두려움과 허약함은 우리가 성숙을 거부하기 위해 지불해야 하는 대가인가? 끝으로 다수의 시민들이, 진정으로 혜택받지 못한 자들의 목소리를 덮어 버릴 위험을 무릅쓰고 희생자의 지위를 갈망한다면, 어떻게 민주주의를 유지할 수 있겠는가?

東文選 現代新書 16

딸에게 들려 주는 작은 철학

롤란트 시몬 셰퍼
안상원 옮김

★ **독일 청소년 저작상 수상(97)**
★ **청소년을 위한 좋은 책(99)**
 (한국 간행물 윤리위원회)

　작은 철학이 큰사람을 만든다. 아이들과 철학을 이야기하는 것이 요즘 유행처럼 되었다. 아이들에게 철학을 감추지 않는 것, 그것은 분명히 옳은 일이다. 세계에 대한 어른들의 질문이나 아이들의 질문들은 종종 큰 차이가 없으며, 철학은 여기에 답을 줄 수 있다. 이 작은 책은 신중하고 재미있게, 그러면서도 주도면밀하게 철학의 질문들에 대답해 준다.

　이 책의 저자 시몬 셰퍼 교수는 독일의 원로 철학자이다. 그가 원숙한 나이에 철학에 대한 깊은 이해를 가지고 자신의 딸이거나 손녀로 가정되고 있는 베레니케에게 대화하듯 철학 이야기를 들려 주고 있다. 만약 그 어려운 수수께끼를 설명한다면 어떻게 할 것인가를 모형적으로 제시하고 있다.

　철학은 우리의 구체적인 삶과 멀리 떨어져 있는 삶이 아니다. 우리가 사용하고 있는 말이란 무엇이며, 안다는 것은 무엇인가. 세계와 자연, 사회와 도덕적 질서, 신과 인간의 의미는 무엇인가 등 철학적 사유의 본질적 테마들로 모두 아홉 개의 장으로 나누어 이야기하고 있다. 쉽게 서술되었지만 내용은 무게를 가지고 있어서 중·고등학생뿐만 아니라 대학생과 성인들에게 철학에 대한 평이한 길라잡이가 될 것이다.

나비가 되어 날아간 한 남자의 치열하고도 아름다운 생의 마지막 노래. 세상에서 가장 아름답고도 애절한 이야기가 비틀스의 노래와 함께 펼쳐진다.

잠수복과 나비

장 도미니크 보비 / 양영란 옮김

장 도미니크 보비. 프랑스 《엘르》지 편집장. 저명한 저널리스트이며 두 아이를 둔 자상한 아버지, 멋진 말을 골라 쓰는 유머러스한 남자. 앞서가는 정신의 소유자로서 누구보다도 자유를 구가하던 그는 1995년 12월 8일 금요일 오후 갑작스런 뇌졸중으로 쓰러졌다. 3주 후 의식을 회복했으나, 그가 움직일 수 있는 것은 오직 왼쪽 눈꺼풀뿐. 그로부터 그의 또 다른 인생, 비록 15개월 남짓에 불과한 '새로운' 인생이 시작되었다.

유일한 의사 소통 수단인 왼쪽 눈꺼풀을 20만 번 이상 깜박거려 15개월 만에 완성한 책 《잠수복과 나비》. 마지막 생명력을 쏟아부어 쓴 이 책은, 길지 않은 그의 삶에서 일어났던 일화들을 진솔하게 묘사하고 있다.

그러나 그의 이야기는 유머와 풍자로 가득 차 있다. 슬프지만 측은하지 않으며, 억지로 눈물과 동정을 유도할 만큼 감상적이지도 않다. 오히려 멋진 문장들로 읽는 이를 즐겁게 해준다. 그리하여 살아남은 자들에게 희망과 용기를 주며, 삶의 그 모든 것들이 얼마나 소중한가를 새삼 일깨워 준다. 아무튼 독자들은 이제껏 경험해 보지 못한 진한 감동과 형언할 수 없는 경건함을 맛보게 될 것이다.

《잠수복과 나비》는 출간되자마자 프랑스 출판사상 그 유례가 없는 엄청난 베스트셀러가 되었으며, 보비는 자기만의 필법으로 쓴 자신의 책을 그의 소중한 한쪽 눈으로 확인한 사흘 후 옥죄던 잠수복을 벗어던지고 나비가 되어 날아갔다. 자유로운 그만의 세계로…….

국영 프랑스 TV는 그의 치열하고도 아름다운 마지막 삶을 다큐멘터리로 2회에 걸쳐 방영하였으며, 프랑스 전국민들은 이 젊은 지식인의 죽음 앞에 최대한의 존경과 애도를 보냈다.

소설로 읽는 세계의 종교와 문명

테오의 여행 (전5권)

카트린 클레망 / 양영란 옮김

★ **세계 각국 청소년 추천도서**
★ **이달의 청소년 도서** (대한출판문화협회)
★ **98 올해의 좋은 책** (전국언론노동조합연맹)
★ **99 좋은 책 100선** (중앙일보사)

마음을 열고 영혼을 진정시켜 주는 책!
세상 끝까지 따라가는 엄청난 즐거움!
세계의 문명에 눈뜨게 해주는 책!
큰사람으로 만들어 주는 신의 선물!

열네 살짜리 소년을 동행한 신화와 제식의 세계 여행. 불치의 병에 걸린 주인공 테오는 '지상의 수많은 사람들이 어떻게 신을 믿고 있는가?'에 대해 이해하려고 끊임없이 놀라워하면서 질문한다. 또한 독자들을 '신비의 세계, 보편주의의 세계와 종교의식의 세계'로 안내하면서 '순진한 아이'의 역할을 충실히 해낸다. '하늘과 땅을 연결시키기 위해' 인간들이 구축해 놓은 세계 곳곳의 성소들을 찾아 나서, 온갖 종교의 성자들과 친구들을 만난다. 그리고 그들이 '무엇을, 왜 믿는가'를 우리에게 들려 준다. 마침내 여행이 끝나면 우리는 '종교의 역사는 관용의 역사이기도 하다'라는 말을 이해하게 되고, 세계의 문명에 대한 균형된 시각을 가지게 될 것이다. 또한 짚더미에서 보석을 찾는 것처럼 세상의 모든 것들 속에 존재하는 '진실의 알곡'을 찾을 수 있다는 것도 배우게 될 것이다. 다시말해 "야유하지 말고, 한탄하지 말며, 악담하지 말라. 하지만 이해하려고 노력하라"고 한 스피노자의 말이 우리의 것이 될 터이다.

《르몽드》

자식은 그 어미가 못생겼다고 미워할 수 없다

딸에게 들려 주는
작은 지혜

노르베르트 레호레이트너
안영란 옮김

"행복이 그대의 문을 두드리거든 열어 주어라!"

말처럼 쉽지는 않지만, 살아가다 보면 간혹 생각을 조금만 달리하는 것으로도 금방 행복해지는 때가 있다. 그래서 고대 인도의 현인들은 우리가 두려움을 극복하고, 행복 앞에서 우리 자신의 닫힌 문을 여는 데 도움이 될 만한 이야기들을 생각해 냈다. 왜냐하면 자기와 다른 의견이나 사상을 거부하는 사람들은 많으나, 재미있는 이야기를 마다하는 사람들은 없다는 것을 알았기 때문이다. 이런 이야기는 그들의 문화권에서 뿐만 아니라 곧 페르시아와 아라비아로 전해지고, 이어 그리스와 라틴, 중국과 동남아시아 등 전세계로 확산되어 수많은 사람들의 정서와 내적 생활을 윤택하게 해주면서, 긴 세월을 전해 내려오고 있다.

본서는 이렇듯 다양한 전통과 종교의 시대에서 유래한, 작지만 아주 소중한 이야기들을 한데 모았다. 비유 또는 우화·일화 등으로 엮은 이 짤막한 이야기들은 대개 기발하고도 놀라운 핵심과 요점으로 끝맺음을 하여, 독자들로 하여금 일상에서 굳어진 사고방식을 깨뜨리고, 진리를 수용하고 깨달음을 얻을 수 있도록 자극한다.

우리는 결코 이전 시대 사람들보다 현명하게 태어났다고 할 수 없을 것이다. 이기심, 인식과 사유의 결핍, 두려움은 여전히 우리 자신의 일부로 남아 있다.

여기 모든 지혜담 속에는 참으로 묘한 힘이 있어 사람을 도울 수도, 치유할 수도 있다. 그러니 위안과 행복, 조화를 추구하는 영혼에게 일종의 향유와 같은 것이라 할 수 있겠다.